生活，是很有趣的

汪曾祺 著

西安出版社

生 活 ， 是 很 有 趣 的

草木皆有情篇

四处去经历篇

往昔如昨日篇

目录 contents

草木皆有情篇

人间草木	002
北京的秋花	008
果园杂记	015
草木春秋	019
花园	029
葡萄月令	041
蜡梅花	049
夏天	052
冬天	056
淡淡秋光	060
生机	066
一技	069

生活，是很有趣的

四处篇
去经历

湘行二记	074
从戈壁滩到火焰山	085
天山行色	089
昆明的雨	112
七里茶坊	117
初访福建	136
四川杂忆	148
胡同文化	162
玉渊潭的传说	167

目录
contents

往昔篇

如昨日

老舍先生	174
金岳霖先生	179
星斗其文 赤子其人	185
闻一多先生	198
赵树理同志二三事	201
多年父子成兄弟	208
我的家	213
父亲是个孩子头	226
詹大胖子	235

草木皆有情篇

人间草木

山丹丹

我在大青山挖到一棵山丹丹。这棵山丹丹的花真多。招待我们的老堡垒户看了看,说:"这棵山丹丹有十三年了。"

"十三年了?咋知道?"

"山丹丹长一年,多开一朵花。你看,十三朵。"

山丹丹记得自己的岁数。

我本想把这棵山丹丹带回呼和浩特,想了想,找了把铁锹,把老堡垒户的开满了蓝色党参花的土台上刨了个坑,把这棵山丹丹种上了。问老堡垒户:

"能活?"

"能活。这东西,皮实。"

大青山到处是山丹丹,开七朵花、八朵花的,多的是。

山丹丹花开花又落,

一年又一年……

这支流行歌曲的作者未必知道,山丹丹过一年多开一朵花。唱歌的歌星就更不会知道了。

枸 杞

枸杞到处都有。枸杞头是春天的野菜。采摘枸杞的嫩头,略焯过,切碎,与香干丁同拌,浇酱油、醋、香油;或入油锅爆炒,皆极清香。夏末秋初,开淡紫色小花,谁也不注意。随即结出小小的红色的卵形浆果,即枸杞子。我的家乡叫作狗奶子。

我在玉渊潭散步,在一个山包下的草丛里看见一对老夫妻弯着腰在找什么。他们一边走,一边搜索。走几步,停一停,弯腰。

"您二位找什么?"

"枸杞子。"

"有吗?"

老同志把手里一个罐头玻璃瓶举起来给我看,已经有半瓶了。

"不少!"

"不少!"

他解嘲似的哈哈笑了几声。

"您慢慢捡着!"

"慢慢捡着!"

看样子这对老夫妻是离休干部,穿得很整齐干净,气色很好。

他们捡枸杞子干什么?是配药?泡酒?看来都不完全是。真要是需要,可以托熟人从宁夏捎一点或寄一点来——听口音,老同志是西北人,那边肯定会有熟人。

他们捡枸杞子其实只是玩！一边走着，一边捡枸杞子，这比单纯地散步要有意思。这是两个童心未泯的老人，两个老孩子！

人老了，是得学会这样的生活。看来，这二位中年时也是很会生活，会从生活中寻找乐趣的。他们为人一定很好，很厚道。他们还一定不贪权势，甘于淡泊。夫妻间一定不会为柴米油盐、儿女婚嫁而吵嘴。

从钓鱼台到甘家口商场的路上，路西，有一家的门头上种了很大的一丛枸杞，秋天结了很多枸杞子，通红通红的，礼花似的、喷泉似的垂挂下来，一个珊瑚珠穿成的华盖，好看极了。这丛枸杞可以拿到花会上去展览。这家怎么会想起在门头上种一丛枸杞？

槐 花

玉渊潭洋槐花盛开，像下了一场大雪，白得耀眼。来了放蜂的人。蜂箱都放好了，他的"家"也安顿了。一个刷了涂料的很厚的黑色的帆布篷子。里面打了两道土堰，上面架起几块木板，是床。床上一卷铺盖。地上排着油瓶、酱油瓶、醋瓶。一个白铁桶里已经有多半桶蜜。外面一个蜂窝煤炉子上坐着锅。一个女人在案板上切青蒜。锅开了，她往锅里下了一把干切面。不大会儿，面熟了，她把面捞在碗里，加了佐料，撒上青蒜，在一个碗里舀了半勺豆瓣。一人一碗。她吃的是加了豆瓣的。

槐花

蜜蜂忙着采蜜,进进出出,飞满一天。

我跟养蜂人买过两次蜜,绕玉渊潭散步回来,经过他的棚子,大都要在他门前的树墩上坐一坐,抽一支烟,看他收蜜、刮蜡,跟他聊两句,彼此都熟了。

这是一个五十岁上下的中年人,高高瘦瘦的,身体像是不太好,他做事总是那么从容不迫,慢条斯理的。样子不像个农民,倒有点像一个农村小学校长。听口音,是石家庄一带的。他到过很多省。哪里有鲜花,就到哪里去,比如菜花开的地方,玫瑰花开的地方,苹果花开的地方,枣花开的地方。每年都到南方去过冬,比如广西、贵州。到了春暖,再往北返。我问他是不是枣花蜜最好,他说是荆条花的蜜最好。这很出乎我的意料。荆条是个不起眼儿的东西,而且我从来没有见过荆条开花,想不到荆条花蜜却是最好的蜜。我想他每年收入应当不错。他说比一般农民要好一些,但是也落不下多少:蜂具,路费;而且每年要赔几十斤白糖——蜜蜂冬天不采蜜,得喂它糖。

女人显然是他的老婆。不过他们岁数相差太大了。他五十了,女人也就是三十出头。而且,她是四川人,说四川话。我问他:"你们是怎么认识的?"他说:"她是新繁县人。"那年他到新繁放蜂,认识了。她说北方的大米好吃,就跟来了。

有那么简单?也许她看中了他的脾气好,喜欢这样安静平和的性格?也许她觉得这种放蜂生活,东南西北到处跑,好耍?这是一种农村式的浪漫主义。四川女孩子做事往往很洒脱,想咋个就咋个,不像北方女孩子有那么多考虑。他们结婚已经几年了。丈夫对她好,她对丈夫也很体贴。她觉得她的选择没有错,很满意,不后悔。我问养蜂人:"她回去过没有?"他说:"回去过一次,一个人。"他让她带了两千块钱,她买了好些礼物送人,风风光光地回了一趟新繁。

一天，我没有看见女人，问养蜂人，她到哪里去了。养蜂人说："到我那大儿子家去了，去接我那大儿子的孩子。"他有个大儿子，在北京工作，在汽车修配厂当工人。

她抱回来一个四岁多的男孩，带着他在棚子里住了几天。她带他到甘家口商场买衣服、买鞋、买饼干、买冰糖葫芦。男孩子在床上玩鸡啄米，她靠着被窝用钩针给他钩一顶大红的毛线帽子。她很爱这个孩子。这种爱是完全非功利的，既不是讨丈夫的欢心，也不是为了和丈夫的儿子一家搞好关系。这是一颗很善良、很美的心。孩子叫她奶奶，奶奶笑了。

过了几天，她把孩子又送了回去。

过了两天，我去玉渊潭散步，养蜂人的棚子拆了，蜂箱集中在一起。等我散步回来，养蜂人的大儿子开来一辆卡车，把棚柱、木板、煤炉、锅碗和蜂箱装好，养蜂人两口子坐上车，卡车开走了。

玉渊潭的槐花落了。

北
京
的
秋
花

| 桂花 |

桂 花

桂花以多为胜。《红楼梦》薛蟠的老婆夏金桂家"单有几十顷地种桂花",人称"桂花夏家"。"几十顷地种桂花",真是一个大观!四川新都桂花甚多。杨升庵祠在桂湖,环湖植桂花,自山坡至水湄,层层叠叠,都是桂花。我到新都谒升庵祠,曾作诗:

桂湖老桂发新枝,
湖上升庵旧有祠。
一种风流谁得似,
状元词曲罪臣诗。

杨升庵是才子,以一甲一名中进士,著作有七十种。他因"议大礼"获罪,充军云南,七十余岁,客死于永昌。陈老莲曾画过他的像,"醉则簪花满头",面色酡红,是喝醉了的样子。从陈老莲的画像看,升庵是个高个儿的胖子。但陈老莲恐怕是凭想象画的,未必即像升庵。新都人为他在桂湖建祠,升庵死若有知,亦当欣慰。

北京桂花不多,且无大树。颐和园有几棵,没有什么人注意。我曾在藻鉴堂小住,楼道里有两棵桂花,是种在盆里的,不到一人高!

我建议北京多种一点桂花。桂花美荫,叶坚厚,入冬不凋。开花极香浓,干制可以做元宵馅、年糕。既有观赏价值,也有经济价值,何乐而不为呢?

菊 花

秋季广交会上摆了很多盆菊花。广交会结束了,菊花还没有完全开残。有一个日本商人问管理人员:"这些花你们打算怎么处理?"答云:"扔了!"——"别扔,我买。"他给了一点钱,把开得还正盛的菊花全部包了,订了一架飞机,把菊花从广州空运到日本,张贴了很大的海报:"中国菊展"。卖门票,参观的人很多。他捞了一大笔钱。这件事叫我有两点感想:一是日本商人真有商业头脑,任何赚钱的机会都不放过,我们的管理人员是老爷,到手的钱也抓不住。二是中国的菊花好,能得到日本人的赞赏。

中国人长于艺菊,不知始于何年,全国有几个城市的菊花都负盛名,如扬州、镇江、合肥,黄河以北,当以北京为最。

菊花品种甚多,在众多的花卉中也许是最多的。

首先,有各种颜色。最初的菊大概只有黄色的。"鞠有黄华""零落黄花满地金","黄华"和菊花是同义词。后来就发展到什么颜色都有了。黄的、白的、紫的、红的、粉的,都有。挪威的散文家别伦·别尔生说各种花里只有菊花有绿色的,也不尽然,牡丹、芍药、月季都有绿的,但像绿菊绿得像初新的嫩蚕豆那样的,确乎是没有。我几年前回乡,在公园里看到一盆绿菊,花大盈尺。

其次,花瓣形状多样,有平瓣的、卷瓣的、管状瓣的。在镇江焦山见过一盆"十丈珠帘",细长的管瓣下垂到地,说"十丈"当然不会,但三四尺是有的。

北京菊花和南方的差不多，狮子头、蟹爪、小鹅、金背大红……南北皆相似，有的连名字也相同。如一种浅红的瓣，极细而卷曲如一头乱发的，上海人叫它"懒梳妆"，北京人也叫它"懒梳妆"，因为得其神韵。

有些南方菊种北京少见。扬州人重"晓色"，谓其色如初日晓云，北京似没有。"十丈珠帘"，我在北京没见过。"枫叶芦花"，紫平瓣，有白色斑点，也没有见过。

我在北京见过的最好的菊花是在老舍先生家里。老舍先生每年都要请北京市文联、文化局的干部到他家聚聚，一次是腊月，老舍先生的生日（我记得是腊月二十三）；一次是重阳节左右，赏菊。老舍先生的哥哥很会莳弄菊花。花很鲜艳；菜有北京特点（如芝麻酱炖黄花鱼、"盒子菜"）；酒"敞开供应"，既醉既饱，至今不忘。

我不赞成搞菊山菊海，让菊花都按部就班，排排坐，或挤成一堆，闹闹嚷嚷。菊花还是得一棵一棵地看，一朵一朵地看。更不赞成把菊花缚扎成龙、成狮子，这简直是糟蹋了菊花。

秋葵·鸡冠·凤仙·秋海棠

秋葵我在北京没有见过,想来是有的。秋葵是很好种的,在篱落、石缝间随便丢几粒种子,即可开花。或不烦人种,也能自己开落。花瓣大、花浅黄,淡得近乎没有颜色,瓣有细脉,瓣内侧近花心处有紫色斑。秋葵风致楚楚,自甘寂寞。不知道为什么,秋葵让我想起女道士。秋葵亦名鸡脚葵,以其叶似鸡爪。

我在家乡县委招待所见一大丛鸡冠花,高过人头,花大如扫地笤帚,颜色深得吓人一跳。北京鸡冠花未见有如此之粗野者。

凤仙花可染指甲,故又名指甲花。凤仙花捣烂,加入少许矾,敷于指尖,即以凤仙叶裹之,隔一夜,指甲即红。凤仙花茎可长得很粗,湖南人或以入臭坛腌渍,以佐粥,味似臭苋菜秆。

秋海棠北京甚多,齐白石喜画之。齐白石所画,花梗颇长,这在我家那里叫作"灵芝海棠"。诸花多为五瓣,唯秋海棠为四瓣。北京有银星海棠,大叶甚坚厚,上洒银星,秆亦高壮,简直近似木本。我对这种孙二娘似的海棠不大感兴趣。我所不忘的秋海棠总是伶仃瘦弱的。我的生母得了肺病,怕"过人"——传染别人,独自卧病,在一座偏房里,我们都叫那间小屋为"小房"。她不让人去看她,我的保姆要抱我去让她看看,她也不同意。因

草木皆有情篇

爬山虎

此我对我的母亲毫无印象。她死后,这间"小房"成了堆放她的嫁妆的储藏室,成年锁着。我的继母偶尔打开,取一两件东西,我也跟了进去。"小房"外面有一个小天井,靠墙有一个秋叶形的小花坛,不知道是谁种了两三棵秋海棠,也没有人管它,它在秋天竟也开花。花色苍白,样子很可怜。不论在哪里,我每看到秋海棠,总要想起我的母亲。

黄栌·爬山虎

霜叶红于二月花。

西山红叶是黄栌,不是枫树。我觉得不妨种一点枫树,这样颜色更丰富些。日本枫娇红可爱,可以引进。

近年北京种了很多爬山虎,入秋,爬山虎叶转红。

沿街的爬山虎红了,北京的秋意浓了。

果园杂记

涂 白

一个孩子问我:"干吗把树涂白了?"

我从前也非常反对把树涂白了,以为很难看。

后来我到果园干了两年活儿,知道这是为了保护树木过冬。

把牛油、石灰在一个大铁锅里熬得稠稠的,这就是涂白剂。我们拿了棕刷,担了一桶一桶的涂白剂,给果树涂白。要涂得很仔细,特别是树皮有伤损的地方、坑坑洼洼的地方,要涂到,而且要涂得厚厚的,免得来年存留雨水,窝藏虫蚁。

涂白都是在冬日的晴天。男的、女的,穿了各种颜色的棉衣,在脱尽了树叶的果林里劳动着。大家的心情都很开朗,很高兴。

涂白是果园一年最后的农活儿了。涂完白,我们就很少到果园里了。这以后,雪就落下来了。果树一冬天埋在雪里。从此,我就不反对涂白了。

粉 蝶

我曾经做梦一样在一片盛开的茼蒿花上看见成千上万的粉蝶——在我童年的时候。那么多的粉蝶,在深绿的蒿叶和金黄的花瓣上乱纷纷地飞着,看得我想叫,想把这些粉蝶放在嘴里嚼,我醉了。

后来我知道这是一场灾难。

粉蝶

我知道粉蝶是菜青虫变的。

菜青虫吃我们的圆白菜。那么多的菜青虫！而且它们的胃口那么好，食量那么大。它们贪婪地、迫不及待地、不停地吃，吃得菜地里沙沙地响。一上午的工夫，一地的圆白菜就被它们咬得全是窟窿。

我们用DDT喷它们，使劲儿地喷它们。DDT的激流猛烈地射在菜青虫身上，它们滚了几滚，僵直了，噗的一声掉在了地上，我们的心里痛快极了。我们是很残忍的，充满了杀机。

但是粉蝶还是挺好看的。在散步的时候，草丛里飞着两只粉蝶，我现在还时常要停下来看它们半天。我也不反对国画家用它们来点缀画面。

波尔多液

喷了一夏天的波尔多液，我的所有衬衫都变成浅蓝色的了。

硫酸铜、石灰，加一定比例的水，这就是波尔多液。波尔多液是很好看的，呈天蓝色。过去有一种浅蓝的阴丹士林布，就是那种颜色。这是一个果园看家的农药，一年不知道要喷多少次。不喷波尔多液，就不成其为果园。波尔多液防病，能保证水果的丰收。果农都知道，喷波尔多液虽然费钱，却是划得来的。

这是个细致的活儿。把喷头绑在竹竿上，把药水压上去，喷在梨树叶子上、苹果树叶子上、葡萄叶子上。要喷得很均匀，不多，也不少。喷多了，药水的水珠糊成一片，挂不住，流了；喷少了，不管用。树叶的正面、反面都要喷到。这活儿不重，但是干完了，眼睛、脖颈，都是酸的。

我是个喷波尔多液的能手。大家让我总结经验。我说：一、我干不了重活儿，这活儿我能胜任；二、我觉得这活儿有诗意。

为什么叫它"波尔多液"呢？——我国的老果农说这个外国名字已经说

得很顺口了。这有个故事。

波尔多是法国的一个小城，盛产马铃薯。有一年，法国的马铃薯都得了晚疫病——晚疫病很厉害，得了病的薯地像火烧过一样，只有波尔多的马铃薯安然无恙。大伙琢磨，这是什么道理呢？原来波尔多城外有一个铜矿，有一条小河从矿里流出来，河床是石灰石的。这水蓝蓝的，是不能吃的，农民用它来浇地。莫非就是这条河，使波尔多的马铃薯不得疫病？于是世界上就有了波尔多液。

中国的老农现在说这个法国名字也说得很顺口了。

去年，有一位朋友到法国去，我问他到过什么地方，他很得意地说："波尔多！"

我也到过波尔多，在中国。

草木春秋

木芙蓉

木芙蓉

  浙江永嘉多木芙蓉。市内一条街边有一棵干粗如电线杆、高近二层楼、花多而大的木芙蓉,他处少见。楠溪江边的村落,村外、路边的茶亭(永嘉多茶亭,供人休息、喝茶、聊天)檐下,到处可以看见芙蓉。芙蓉有一特别之处,红白相间。初开白色,渐渐一边变红,终至整个的花都是桃红的。花期长,掩映于手掌大的浓绿的叶丛中,欣然有生意。

我曾向永嘉市领导建议,以芙蓉为永嘉市花,市领导说永嘉已有市花,是茶花。后来听说温州选定茶花为温州市花,那么永嘉恐怕得让一让。永嘉让出茶花,永嘉市花当另选。那么,芙蓉被选中,还是有可能的。

永嘉为什么种那么多木芙蓉呢?问人,说是为了打草鞋。芙蓉的树皮很柔韧结实,剥下来撕成细条,打成草鞋,穿起来很舒服,且耐走长路,不易磨通。

现在穿树皮编的草鞋的人很少了,大家都穿塑料凉鞋、旅游鞋。但是到处都还在种木芙蓉,这是一种习惯。于是芙蓉就成了永嘉城乡一景。

南瓜子豆腐和皂角仁甜菜

在云南腾冲吃了一道很特别的菜。说豆腐脑不是豆腐脑,说鸡蛋羹不是鸡蛋羹。滑、嫩、鲜,色白而微微带点浅绿,入口清香。这是豆腐吗?是的,但是用鲜南瓜子去壳磨细"点"出来的。很好吃。中国人吃菜真能别出心裁,南瓜子做成豆腐,不知是什么朝代,哪一位美食家想出来的!

席间还有一道甜菜,冰糖皂角米。皂角我的家乡颇多。一般都用来泡水,洗脸洗头,代替肥皂。皂角仁蒸熟,妇女绣花,把绒在皂仁上"光"一下,绒不散,且光滑,便于入针。没有吃它的。到了昆明,才知道这东西可以吃。昆明过去有专卖蒸菜的饭馆,蒸鸡、蒸排骨,都放小笼里蒸,小笼垫底的是皂角仁,蒸得晶莹透亮,嚼起来有韧劲,好吃。比用红薯、土豆衬底更有风味,但知道皂角仁可以做甜菜,却是在腾冲。这东西很滑,进口略不停留,即入肠胃。我知道皂角仁的"物性",警告大家不可多吃。一位老兄吃得口爽,弄了一饭碗,几口就喝了。未及终席,他就奔赴厕所,飞流直下起来。

皂角仁卖得很贵,比莲子、桂圆、西米都贵,只有卖干果、山珍的大食品店才有得卖,普通的副食店里是买不到的。

近几年时兴"皂角洗发膏",皂角恢复了原来的功能,这也算是"以故为新"吧。

车前子

车前子的样子很有趣。叶贴地而长,近卵形,有长柄。在自由伸向四面的叶丛中央抽出细长的花梗,顶端有穗形花序,直立着。穗不多,少的只有一穗。画家常画之为点缀。程十发即喜画。动画片中好像少不了它。不知道为什么,这东西有一种童话情趣。

车前子可利小便,这是很多农民都知道的。

张家口的山西梆子剧团有一个唱"红"(老生)的演员,经常在几县的

"堡"（张家口人称镇为"堡"）演唱，不受欢迎，农民给他起了个外号："车前子"。怎么给他起了这么个外号呢？因为他一出台，农民观众即纷纷起身上厕所，这位"红"利小便。

这位唱"红"的演员唱得起劲，观众就大声喊叫："快去，快，赶紧拿咸菜！"这又是怎么回事呢？吃白薯吃得太多了，烧心反胃，嚼一块咸菜就好了。这位演员的嗓音叫人听起来烧心。

农民有时是很幽默的。

搞艺术的人千万不能当"车前子"，不能叫人烧心反胃。

紫穗槐

在戴了"右派分子"的帽子以后，我曾经被发到西山种树。在石多土少的山头用镢头刨坑。实际上是在石头上硬凿出一个一个的树坑来，再把凿碎的砂石填入，用九齿耙搂平。山上寸土寸金，树坑就山势而凿，大小形状不拘。这是个非常重的活儿。我成了"右派"后所从事的劳动，以修十三陵水库和这次西山种树的活儿最重。那真是玩了命。

一早，就上山，带两个干馒头、一块大腌萝卜。顿顿吃大腌萝卜，这不是个事。已经是秋天了，山上的酸枣熟了，我们摘酸枣吃。草里有蝈蝈，烧蝈蝈吃！蝈蝈得是三尾的，腹大，多子。一会儿就能捉半土筐。点一把火，把蝈蝈往火里一倒,哔哔剥剥,熟了。咬一口大腌萝卜,嚼半个烧蝈蝈,就馒头吃,香啊。人不管走到哪一步,总得找点乐子,想一点办法,老是愁眉苦脸的,干吗呢!

我们刨了坑,放着,当时不种,得到明年开了春,再种。据说要种的是紫穗槐。

紫穗槐我认识,枝叶近似槐树,抽条甚长,初夏开紫花,花似紫藤而颜色较紫藤深,花穗较小,瓣亦稍小。风摇紫穗,姗姗可爱。

紫穗槐的枝叶皆可为饲料,牲口爱吃,上膘。条可编筐。

刨了约二十多天树坑,我就告别西山八大处回原单位等候处理,从此再也没有上过山。不知道我们刨的那些坑里种上紫穗槐了没有。再见,紫穗槐!再见,大腌萝卜!再见,蝈蝈!

阿格头子灰背青

敕勒川,阴山下。
天似穹庐,笼盖四野。
天苍苍,野茫茫,
风吹草低见牛羊。

紫穗槐

北齐斛律金这首用鲜卑语唱的歌公认是北朝乐府的杰作,写草原诗的压卷之作,苍茫雄浑,前无古人,后无来者。一千多年以来,不知道有多少"南人",都从"风吹草低见牛羊"一句诗里感受草原景色,向往不已。

但是这句诗有夸张成分,是想象之词。真到草原去,是看不到这样的景色的。我曾四下内蒙古,到过呼伦贝尔草原、达茂旗的草原、鄂尔多斯的草原,还到过新疆的唐巴拉牧场,都不曾见过"风吹草低见牛羊"。张家口坝上沽源草原的草，倒是比较高，但也藏不住牛羊。论好看，要数沽源的草原好看。草很整齐，叶细长，好像梳过一样，风吹过，起伏摇摆如碧浪。这种草是什么草？问之当地人，说是"碱草"，我怀疑这可能是"草菅人命"的"菅"。"碱草"的营养价值不是很高。

营养价值高的牧草有阿格头子、灰背青。

陪同我们的老曹唱他的爬山调：

阿格头子灰背青，

四十五天到新城。

他说灰背青叶子青绿而背面是灰色的。"阿格头子"是蒙古话。他拨起两把草让我们看，且问一个牧民：

"这是阿格头子吗？"

"阿格！阿格！"

这两种草都不高，也就三四寸，几乎是贴地而长。叶片肥厚而多汁。

"阿格头子灰背青，四十五天到新城。"老曹年轻时拉过骆驼，从呼和浩特驮货到新疆新城，一趟得走四十五天。那么来回就得三个月。在多见牛羊少见人的大草原上拉着骆驼一步一步地走，这滋味真难以想象。

老曹是个有趣的人。他的生活知识非常丰富,大青山的药材、草原上的草,他没有不认识的。他知道很多故事,很会说故事。单是狼,他就能说一整天。都是实际经历过的,并非道听途说。狼怎样逗小羊玩,小羊高了兴,跳起来,过了圈羊的篱笆,狼一口就把小羊叼走了;狼会出痘,老狼把出痘子的小狼用沙埋起来,只露出几个小脑袋;有一个小号兵掏了三只小狼崽子,带着走,母狼每晚上跟着部队,哭,后来怕暴露部队目标,队长说服小号兵把小狼放了……老曹好说,能吃,善饮,喜交游。他在大青山打过游击,山里的堡垒户都跟他很熟,我们的吉普车上下山,他常在路口叫司机停一下,找熟人聊两句,帮他们买拖拉机,解决孩子入学……我们后来拜访了布赫同志,提起老曹,布赫同志说:"他是个红火人。""红火人"这样的说法,我在别处没有听过,但是用之于老曹身上,很合适。

老曹后来在呼市负责林业工作。他曾到大兴安岭调查,购买树种,吃过鼻子(他说鼻子黏性极大,吃下一块,上下牙粘在一起,得使劲张嘴,才能张开。他做了一个当时使劲张嘴的样子,很滑稽)、飞龙。他负责林业时主要的业绩是在大青山山脚至市中心的大路两侧种了杨树,长得很整齐健旺。但是他最喜爱的是紫穗槐,是个紫穗槐迷,到处宣传紫穗槐的好处。

花和金鱼

从东珠市口经三里河、河舶厂,过马路一直往东,是一条横街。这是北京的一条老街了。也说不上有什么特点,只是有那么一种老北京的味儿。有些店铺是别的街上没有的。有一个每天卖豆汁儿的摊子,卖焦圈儿、马蹄烧饼,水疙瘩丝切细得像头发。这一带的居民好像特别爱喝豆汁儿,每天晌午,有一个人推车来卖,车上搁一个可容一担水的木桶,木桶里有多半桶豆汁儿。也不吆喝,到时候就来了,老太太们准备好了坛坛罐罐等着。马路东有一家卖鞭哨、皮条、钢绳等骡车、马车上用的各种配件。北京现在大车少了,来买的多是河北人。看了店堂里挂着的挺老长的白色的皮条、两股坚挺的竹子拧成的鞭哨,叫人有点说不出来的感动。有一家铺子在一个高台阶上,门外有一块小匾,写着"惜阴斋"。这是卖什么的呢?我特意上了台阶走进去看了看:是专卖老式木壳自鸣钟、怀表的,兼营擦洗钟表油泥、修配发条、油丝。"惜阴"用之于钟表店,挺有意思,不知是哪位名士写的匾。有一个茶叶店,也有一块匾:"今雨茶庄"(好几个人问过我这是什么意思)。其实这是一家夫妻店,什么"茶庄"!

两口子,有五十好几了,经营了这么个"茶庄"。他们每天的生活极其清简。大妈早起撒炉子,生火,坐水,出去买菜。老爷子扫地,擦拭柜台,端正盆花金鱼。老两口都爱养花、养鱼。鱼是龙睛,两条大红的,两条蓝的

（他们不爱什么红帽子、绒球……）。鱼缸不大，漂着竿草。花四季更换。夏天，茉莉、珠兰（熟人来买茶叶，掌柜的会摘几朵鲜茉莉花或一小串珠兰和茶叶包在一起）；秋天，九花（老北京人称菊花为"九花"）；冬天，水仙、天竺果。我买茶叶都到今雨茶庄买，近。我住河舶厂，出胡同口就是。我每次买茶叶，总爱跟掌柜的聊聊，看看他的花。花并不名贵，但养得很有精神。他说："我不瞧戏，不看电影，就是这点爱好。"

花园

茱萸

茱萸小集二

在任何情形之下,那座小花园是我们家最亮的地方。虽然它的动人处不是,至少不仅在于这点。

每当家像一个概念一样浮现于我的记忆之上,它的颜色是深沉的。

祖父年轻时建造的几进,是灰青色与褐色的。我自小养育于这种安定与寂寞里。报春花开放在这种背景前是好的。它不致被晒得那么多粉,固然报春花在我们那儿很少见,也许没有,不像昆明。

生活，是很有趣的

曾祖留下的则几乎是黑色的，一种类似眼圈上的黑色（不要说它是青的），里面充满了影子。这些影子足以使供在神龛前的花消失。晚间点上灯，我们常觉那些布灰布漆的大柱子一直伸拔到无穷高处。神堂屋里总挂一只鸟笼，我相信即是现在也挂一只的。那只青裆子永远眯着眼假寐（我想它做个哲学家，似乎身子太小了）。只有巳时将尽，它唱一会儿，洗个澡，抖下一团小雾再伸展到廊内片刻的夕阳光影里。

一下雨，什么颜色都重郁起来，屋顶、墙壁上花纸的图案，甚至鸽子：铁青子，瓦灰，点子，霞白。宝石眼的好处这时才显出来。于是我们等斑鸠叫单声，在我们那个园里叫。等着一棵榆梅稍经一触，落下碎碎的瓣子，等着重新着色后的草。

我的脸上若有从童年带来的红色，它的来源是那座花园。

我的记忆有菖蒲的味道。然而我们的园里可没有菖蒲呵。它是哪儿来的，是哪些草？这是一个无法解释的问题。但是我此刻把它们没有理由地纠在一起。

"巴根草，绿茵茵，唱个唱，把狗听。"每个小孩子都这么唱过吧。有时什么也不做，我躺着，用手指绕住它的根，用一种不露锋芒的力量拉，听顽强的根胡一处一处断了。这种声音只有拔草的人自己才能听得见。当然我嘴里是含着一根草了。草根的甜味和它的似有若无的水红色是一种自然的巧合。

草被压倒了。有时我的头动一动，倒下的草又慢慢站起来。我静静地注视它，很久很久，看它的努力快要成功时，又把头枕上去，嘴里叫一声"嗯"！有时，不在意，怜惜它的苦心，就算了。这种性格呀！那些草有时会吓我一跳的，它在我的耳根伸起腰来了，当我看天上的云。我的鞋底是滑的，草磨得它发了光。

莫碰臭芝麻，沾惹一身，嘻，难闻死人。沾上身了，不要用手指去拈，用刷子刷。这种籽儿有带钩儿的毛，讨嫌死了。至今我不能忘记它：因为我急于捉住那个"都溜"（一种蝉，叫得最好听），我举着我的网，蹑手蹑脚，抄近路过去，循它的声音找着时，啪，得了。可是回去，我一身都是那种臭玩意儿。想想我捉过多少"都溜"！

我觉得虎耳草有一种腥味。
紫苏的叶子上的红色呵，暑假快过去了。
那棵大垂柳上常常有天牛，有时一只，两只的时候更多。它们总像有一桩事情要做,六只脚不停地运动,有时停下来,那动着的便是两根有节的触须了。我们以为天牛触须有一节它就有一岁。捉天牛用手,不是多么困难的工作,即使它在树枝上转来转去,你等一个合适地点动手。常把脖子弄累了,但是失望的时候很少。这小小生物完全如一个有教养惜身份的绅士,行动从容不迫,虽有翅膀可从不想到飞;即使飞,也不远。一捉住,它便吱吱扭扭地叫,表示不同意,然而行为依然是温文尔雅的。黑底白斑的天牛最多,也有极瑰丽颜色的。有一种还似乎带点玫瑰香味。天牛的玩法是用线扣在脖子上看它走。令人想起……不说也好。

蟋蟀已经变成大人的玩意儿了。但是大人的兴趣在斗,而我们对于捉蟋蟀的兴趣恐怕要更大些。我看过一本秋虫谱,上面除了苏东坡米南宫,还有许多济颠和尚说的话,都神乎其神的不大好懂。捉到一只蟋蟀,我不能看出它颈子上的细毛是瓦青还是朱砂,它的牙是米牙还是菜牙,但我仍然是那么欢喜。听,嚯嚯嚯嚯哪里?这儿是的,这儿了!用草掏,手扒,水灌,嚯,蹦出来了。顾不得螺螺藤拉了手,扑,追着扑。有时正在外面玩得很好,忽然想起我的蟋蟀还没喂哪,于是赶紧回家。我每吃一个梨、一段藕,吃石榴吃菱,都要分给它一点。正吃着晚饭,我的蟋蟀叫了。我会举着筷子听半天,听完了对父亲笑笑,得意极了。一捉蟋蟀,那就整个园子都得翻个身。我最怕翻出那种软软的鼻涕虫。可是堂弟有的是办法,撒一点盐,立刻它就化成一摊水了。

有的蝉不会叫,我们称之为哑巴。捉到哑巴比捉到"红娘"更坏。但哑巴也有一种玩法。用两个马齿苋的瓣子套起它的眼睛,那是刚刚合适的,仿佛马齿苋的瓣子天生就是为了这种用处才长成么个小口袋样子,一放手,哑巴就一直向上飞,决不偏斜转弯。

蜻蜓一个个选定地方息下,天就快晚了。有一种通身铁色的蜻蜓,翅膀较窄,称"鬼蜻蜓"。看它款款地飞在墙角花荫,不知什么道理,心里有一种说不出来的难过。

好些年看不到土蜂了。这种蠢头蠢脑的家伙,我觉得它也在花朵上把屁股撅来撅去的,有点不配,因此常常愚弄它。土蜂是在泥地上掘洞当作窠的。看它从洞里把个有绒毛的小脑袋钻出来(那神气像个东张西望的近视眼),嗡,飞出去了,我便用一点点湿泥把那个洞封好,在原来的旁边给它重掘一个,等着,一会儿,它拖着肚子回来了,找呀找,找到我掘的那个洞,钻进去,看看,不对,于是在四近大找一气。我会看着它那副急样笑个半天。或者,干脆看它进了洞,用一根树枝塞起来,看它从别处开了洞再出来。好容易,可重见天日了,它老先生于是坐在新大门旁边休息,吹吹风。神情中似乎是生了一点气,因为到这时已一声不响了。

祖母叫我们不要玩螳螂,说是它吃了土谷蛇的脑子,肚里会生出一种铁线蛇,缠到马脚脚就断,什么东西一穿就过去了,穿到皮肉里怎么办?

它的眼睛如金甲虫,飞在花丛里五月的夜。

故乡的鸟呵。我每天醒在鸟声里。我从梦里就听到鸟叫,直到我醒来。我听得出几种极熟悉的叫声,那是每天都叫的,似乎每天都在那个固定的枝头。

有时一只鸟冒冒失失飞进那个花厅里,于是大家赶紧关门,关窗子,吆喝,拍手,用书扔,用竹竿打,甚至把自己的帽子向空中摔去。可怜的东西这一来完全没了主意,只是横冲直撞地乱飞,碰在玻璃上,弄得一身蜘蛛网,最后大概都是从两椽之间的空隙脱走。

园子里时时晒米粉、晒灶饭、晒碗儿糕。怕鸟来吃,都放一片红纸。因为这个警告,鸟儿照例就不来,我有时把红纸拿掉让它们大吃一阵,到觉得它们太不知足时便大喝一声赶去。

我为一只鸟哭过一次。那是一只麻雀或是癞花。也不知从什么人处得来的,欢喜得了不得,把父亲不用的细篾笼子挑出一个最好的来给它住,配一个最好的雀碗,在插架上放了一个荸荠,安了两根风藤跳棍,整整忙了一

草木皆有情篇

半天。第二天起得格外早,把它挂在紫藤架下。正是花开的时候,我想是那全园最好的地方了。一切弄得妥妥当当后,独自还欣赏了好半天,我上学去了。一放学,急急回来,带着书便去看我的鸟。笼子掉在地下,碎了,雀碗里还有半碗水,"我的鸟,我的鸟哪?"父亲正在给碧桃花接枝,听见我的声音,忙走过来,把笼子拿起来看看,说:"你挂得太低了,鸟在大伯的玳瑁猫肚子里了。"哇的一声,我哭了。父亲推着我的头回去,一面说:"不害羞,这么大人了。"

有一年,园里忽然来了许多夜哇子。这是一种鹭鸶属的鸟,灰白色,据说它们头上那根毛能破天风。所以有那么一种名,大概是因为它的叫声如此吧。故乡古话说这种鸟常带来幸运。我见它们叽叽喳喳做窠了,我去告诉祖母,祖母去看了看,没有说什么话。我想起它们来了,也有一天会像来了一样又去了的。我尽想,从来处来,从去处去,一路走,一路望着祖母的脸。

园里什么花开了,常常是我第一个发现。祖母的佛堂里那个铜瓶里的花常常是我换新。对于这个孝心的报酬是有需掐花供奉时总让我去,父亲一醒来,一股香气透进帐子,知道桂花开了,他常是坐起来,抽支烟,看着花,很深远地想着什么。冬天,下雪的冬天,一早上,家里谁也还没有起来,我常去园里摘一些冰心蜡梅的朵子,再掺着鲜红的天竺果,用花丝穿成几柄,清水养在白瓷碟子里放在妈（*我的第一个继母*）和二伯母的梳妆台上，再去上学。我穿花时，服侍我的女佣小莲子，常拿着掸帚在旁边看，她头上也常戴着我的花。

我们那里有这么个风俗，谁拿着掐来的花在街上走，是可以抢的，表姐姐们每带了花回去，必是坐车。她们一来，都得上园里看看，有什么花开得正好，有时竟是特地为花来的。掐花的自然又是我。我乐于干这项差事。趴在海棠树上、梅树上、碧桃树上、丁香树上，听她们在下面说："这枝，哎，这枝这枝，再过来一点，弯过去的，喏，哎，对了对了！"冒一点险，用一点力，总给办到。有时我也贡献一点意见，以为某枝已经盛开，不两天就全落在台布上了，某枝花虽不多，样子却好。有时我陪花跟她们一道回去，路上看见有人看过这些花一眼，心里非常高兴。碰到熟人、同学，路上也会分一点给她们。

想起绣球花，必连带想起一双白缎子绣花的小拖鞋。这是一个小姑姑房中的东西。那时候我们在一处玩，从来只叫名字，不叫姑姑。只有时写字条时如此称呼，而且写到这两个字时心里颇有种近于滑稽的感觉。我轻轻掀开门帘，她自己若是不在，我便看到这两样东西了。太阳照进来，令人明白感觉花在吸着水，仿佛自己真分享到吸水的快乐。我可以坐在她常坐的椅子上，随便找一本书看看，找一张纸写点什么，或有心无意地画一个枕头花样，把一切再恢复原来样子不留什么痕迹，又自去了。但她大都能发觉谁来过了。到第二天碰到，必指着手说："还当我不知道呢。你在我绷子上戳了两针，我要拆下重来了！"那自然是吓人的话。那些绣球花，我差不多看见它们一点一点地开，在我看书做事时，它会无声地落两片在花梨木桌上。绣球花可由人工着色。在瓶里加一点颜色，它便会吸到花瓣里。除了大红的之外，其他颜色看上去都极自然。我们常以骗人说是新得的异种。这只是一种游戏，姑姑房里常供的仍是白的。为什么我把花跟拖鞋画在一起呢？真不可解。——姑姑已经嫁了，听说日子极不如意。绣球快开花了，昆明渐渐暖起来。

花园里旧有一间花房，由一个花匠管理。那个花匠好像姓夏。关于他的机灵促狭，和女人方面的恩怨，有些故事常为旧日佣仆谈起，但我只看到他常来要钱，样子十分狼狈，局局促促，躲避人的眼睛，尤其是说他的故事的人的。花匠离去后，花房也跟着改造园内房屋而拆掉了。那时我认识花名极少，只记得黄昏时，夹竹桃特别红，我忽然又害怕起来，急急走回去。

我爱逗弄含羞草。触遍所有叶子，看都合起来了，我自低头看我的书，偷眼瞧它一片片地开张了，再猝然又来一下。他们都说这是不好的，有什么不好呢？

荷花像是清明栽种。我们吃吃螺蛳，抹抹柳球，便可看佃户把马粪倒在几口大缸里盘上藕秧，再盖上河泥。我们在泥里找蚬子、小虾，觉得这些东西搬了这么一次家，是非常奇怪有趣的事。缸里泥晒干了，便加点水，一次又一次，有一天，紫红色的小嘴子冒出来了水面，夏天就来了。赞美第一朵花。荷叶上花拉花响了，母亲便把雨伞寻出来，小莲子会给我送去。

　　大雨忽然来了。一个青色的闪照在枫树上，我赶紧跑到柴草房里去。那是距我所在处最近的房屋。我爬上堆近屋顶的芦柴上，听水从高处流下来，响极了。轰——空心的老桑树倒了，葡萄架塌了，我的四近越来越黑了，雨点在我头上乱跳。忽然一转身，墙角两个碧绿的东西在发光！哦，那是我常看见的老猫。老猫又生了一群小猫了。原来它每次生养都在这里。我看它们攒着吃奶，听着雨，雨慢慢小了。

　　那棵龙爪槐是我一个人的。我熟悉它的一切好处，知道哪个枝子适合哪种姿势。云从树叶间过去。壁虎在葡萄上爬。杏子熟了。何首乌的藤爬上石笋了，石笋那么黑。蜘蛛网上一只苍蝇。蜘蛛呢？花天牛半天吃了一片叶子，这叶子有点甜嘛，那么嫩。金雀花那儿好热闹，多少蜜蜂！啵——金鱼吐出一个泡，破了，下午我们去捞金鱼虫。香橼花蒂的黄色仿佛有点忧郁，别的花是飘下，香橼花是掉下的，花落在草叶上，草稍微低头又弹起。

大伯母掐了枝珠兰戴上，回去了。大伯母的女儿，堂姐姐看金鱼，看见了自己。石榴花开，玉兰花开，祖母来了，"莫掐了，回去看看，瓶里是什么？""我下来了，下来扶您。"

槐树种在土山上，坐在树上可看见隔壁佛院。看不见房子，看到的是关着的那两扇门，关在门外的一片菜园。门里是什么岁月呢？钟鼓整日敲，那么悠徐，那么单调。门开时，小尼姑来抱一捆草，打两桶水，随即又关上了。水咚咚地滴回井里。那边有人看我，我忙把书放在眼前。

家里宴客，晚上小方厅和花厅有人吃酒打牌（我记得有个人吹得极好的笛子）。灯光照到花上、树上，令人极欢喜也十分忧郁。点一个纱灯，从家里到园里，又从园里到家里，我一晚上总不知走了无数趟。有亲戚来去，多是我照路，说哪里高，哪里低，哪里上阶，哪里下坎。若是姑妈舅母，则多是扶着我肩膀走。人影人声都如在梦中。但这样的时候并不多。平日夜晚园子是锁上的。

小时候胆小害怕，黑的，树影风声，令人却步。而且相信园里有个"白胡子老头子"，一个土地花神，晚上会出来，在那个土山后面、花树下，冉冉地转圈子，见人也不避让。

有一年夏天，我已经像个大人了，天气郁闷，心上另外又有一点小事使我睡不着，半夜到园里去。一进门，我就停住了。我看见一个火星。咳嗽一声，招我前去，原来是我的父亲。他也正因为睡不着觉在园中徘徊。他让我抽一支烟（我刚会抽烟），我搬了一张藤椅坐下，我们一直没有说话。那一次，我感觉我跟父亲靠得近极了。

四月二日。月光清极。夜气大凉。似乎该再写一段作为收尾，但又似无须了。便这样吧，日后再说。逝者如斯。

葡萄月令

葡萄月令

一月,下大雪。

雪静静地下着。果园一片白。听不到一点声音。

葡萄睡在铺着白雪的窖里。

二月里刮春风。

立春后,要刮四十八天"摆条风"。风摆动树的枝条,树醒了,忙忙地把汁液输送到全身。树枝软了。树绿了。

雪化了，土地是黑的。

黑色的土地里，长出了茵陈蒿。碧绿。

葡萄出窖。

把葡萄窖一锹一锹挖开。挖下的土，堆在四面。葡萄藤露出来了，乌黑的。有的梢头已经绽开了芽苞，吐出指甲大的苍白的小叶。它已经等不及了。

把葡萄藤拉出来，放在松松的湿土上。

不大一会儿，小叶就变了颜色，叶边发红——又不大一会儿，绿了。

三月，葡萄上架。

先得备料。把立柱、横梁、小棍，槐木的、柳木的、杨木的、桦木的，按照树棵大小，分别堆放在旁边。立柱有汤碗口粗的、饭碗口粗的、茶杯口粗的。一棵大葡萄得用八根、十根，乃至十二根立柱。中等的，六根、四根。

先刨坑，竖柱。然后搭横梁，用粗铁丝紧后搭小棍，用细铁丝缚住。

然后，请葡萄上架。把在土里趴了一冬的老藤扛起来，得费一点劲。大的，得四五个人一起来。"起！——起！"哎，它起来了。把它放在葡萄架上,把枝条向三面伸开,像五个指头一样地伸开,扇面似的伸开。然后,用麻筋在小棍上固定住。葡萄藤舒舒展展、凉凉快快地在上面待着。

上了架,就施肥。在葡萄根的后面,距主干一尺,挖一道半月形的沟,把大粪倒在里面。葡萄上大粪,不用稀释,就这样把原汁大粪倒下去。大棵的,得三四桶。小棵的,一桶也就够了。

四月,浇水。

挖窖挖出的土,堆在四面,筑成垄,就成一个池子。池里放满了水。葡萄园里水气泱泱,沁人心肺。

葡萄喝起水来是惊人的。它真是在喝哎!葡萄藤的组织跟其他果树不一样,它里面是一根一根细小的导管。这一点,中国的古人早就发现了。《图经》云:"根苗中空相通。圃人将货之,欲得厚利,暮溉其根,而晨朝水浸子中矣,故俗呼其苗为木通。""暮溉其根,而晨朝水浸子中矣",是不对的。葡萄成熟了,就不能再浇水了。再浇,果粒就会涨破。"中空相通"却是很准确的。浇了水,不大一会儿,它就从根直吸到梢,简直是小孩嘬奶似的拼命往上嘬。浇过了水,你再回来看看吧:梢头切断过的破口,就嗒嗒地往下滴水了。

是一种什么力量使葡萄拼命地往上吸水呢?

施了肥,浇了水,葡萄就使劲抽条、长叶子。真快!原来是几根枯藤,几天工夫,就变成青枝绿叶的一大片。

五月,浇水、喷药、打梢、掐须。

葡萄一年不知道要喝多少水,别的果树都不这样。别的果树都是刨一个"树碗",往里浇几担水就得了,没有像它这样的"漫灌",整池子地喝。

喷波尔多液。从抽条长叶,一直到坐果成熟,不知道要喷多少次。喷了波尔多液,太阳一晒,葡萄叶子就都变成蓝的了。葡萄抽条,丝毫不知节制,它简直是瞎长!几天工夫,就抽出好长的一截新条。这样长法还行呀,还结不结果呀?因此,过几天就得给它打一次条。葡萄打条,也用不着什么技巧,是个人就能干,拿起树剪,噼噼啦啦,把新抽出来的一截都给它铰了就得了。一铰,一地的长着新叶的条。

葡萄的卷须,在它还是野生的时候是有用的,好攀附在别的什么树木上。现在,已经有人给它好好地固定在架上了,就一点用也没有了。卷须这东西最耗养分——凡是作物,都是优先把养分输送到顶端,因此,长出来就给它掐了。

葡萄的卷须有一点淡淡的甜味。这东西如果腌成咸菜，大概不难吃。

五月中下旬，果树开花了。果园，美极了。梨树开花了，苹果树开花了，葡萄也开花了。

都说梨花像雪，其实苹果花才像雪。雪是厚重的，不是透明的。梨花像什么呢？——梨花的瓣子是月亮做的。

有人说葡萄不开花，哪能呢！只是葡萄花很小，颜色淡黄微绿，不钻进葡萄架是看不出的。而且葡萄开花期很短。很快，就结出了绿豆大的葡萄粒。

六月，浇水、喷药、打条、掐须。

葡萄粒长了一点了，一颗一颗，像绿玻璃料做的纽子。硬的。

葡萄不招虫。葡萄会生病，所以要经常喷波尔多液。但是它不像桃，桃有桃食心虫；不像梨，梨有梨食心虫。葡萄不用疏虫果。——果园每年疏虫果是要费很多工的。虫果没有用，黑黑的一个半干的球，可是它耗养分呀！所以，要把它"疏"掉。

七月，葡萄"膨大"了。

掐须、打条、喷药，大大地浇一次水。

追一次肥。追硫铵。在原来施粪肥的沟里撒上硫铵。然后,就把沟填平了,把硫铵封在里面。

汉朝是不会追这次肥的。汉朝没有硫铵。

八月,葡萄"着色"。

你别以为我这里是把画家的术语借用来了。不是的。这是果农的语言,他们就叫"着色"。

下过大雨,你来看看葡萄园吧,那叫好看!白的像白玛瑙,红的像红宝石,紫的像紫水晶,黑的像黑玉。一串一串,饱满、瓷棒、挺括,璀璨琳琅。你就把《说文解字》里的玉字偏旁的字都搬了来吧,那也不够用呀!

可是你得快来!明天,对不起,你全看不到了。我们要喷波尔多液了。一喷波尔多液,它们的晶莹鲜艳全都没有了,它们蒙上一层蓝兮兮、白糊糊的东西,成了磨砂玻璃。我们不得不这样干。葡萄是吃的,不是看的。我们得保护它。

过不两天,就下葡萄了。

一串一串剪下来,把病果、瘪果去掉,妥妥地放在果筐里。果筐满了,盖上盖,要一个棒小伙子跳上去蹦两下,用麻筋缝的筐盖。——新下的果子,不怕压,它很结实,压不坏。倒怕是装不紧,哐里哐当的。那,来回一晃悠,全得烂!

葡萄装上车,走了。

去吧,葡萄,让人们吃去吧!

九月的果园像一个生过孩子的少妇,宁静、幸福,而慵懒。

我们还给葡萄喷一次波尔多液。哦,下了果子,就不管了?人,总不能这样无情无义吧。

十月,我们有别的农活儿。我们要去割稻子。葡萄,你愿意怎么长,就怎么长着吧。

十一月,葡萄下架。

把葡萄架拆下来。检查一下,还能再用的,搁在一边。糟朽了的,只好烧火。立柱、横梁、小棍,分别堆垛起来。

剪葡萄条。干脆得很,除了老条,一概剪光。葡萄又成了一个大秃子。

剪下的葡萄条,挑有三个芽眼的,剪成二尺多长的一截,捆起来,放在屋里,准备明春插条。

其余的,连枝带叶,都用竹笤帚扫成一堆,装走了。

葡萄园光秃秃。

十一月下旬，十二月上旬，葡萄入窖。

这是个重活儿。把老本放倒，挖土把它埋起来。要埋得很厚实。外面要用铁锹拍平。这个活儿不能马虎。都要经过验收，才给记工。

葡萄窖，一个一个长方形的土墩墩。一行一行，整整齐齐地排列着。风一吹，土色发了白。

这真是一年的冬景了。热热闹闹的果园，现在什么颜色都没有了。眼界空阔，一览无余，只剩下发白的黄土。

下雪了。我们踏着碎玻璃碴似的雪，检查葡萄窖，扛着铁锹。

一到冬天，要检查几次。不是怕别的，怕老鼠打了洞。葡萄窖里很暖和，老鼠爱往这里面钻。它倒是暖和了，咱们的葡萄可就受了冷啦！

蜡梅花

蜡梅花

"雪花、冰花、蜡梅花……"我的小孙女这一阵老是唱这首儿歌。其实她没有见过真的蜡梅花,只是从我画的画上见过。

周紫芝《竹坡诗话》云:"东南之有蜡梅,盖自近时始。余为儿童时,犹未之见。元祐间,鲁直诸公方有诗,前此未尝有赋此诗者。政和间,李端叔在姑溪,元夕见之僧舍中,尝作两绝,其后篇云:'程氏园当尺五天,千金争赏凭朱栏。莫因今日家家有,便作寻常两等看。'观端叔此诗,可以知前日之未尝有也。"看他的意思,蜡梅是从北方传到南方去的。但是据我的印象,现在倒是南方多,北方少见,尤其难见到长成大树的。我在颐和园藻鉴堂见过一棵,种在大花盆里,放在楼梯拐角处。因为不是开花的时候,绿叶披纷,没有人注意。和我一起住在藻鉴堂的几个搞剧本的同志,都不认识这是什么。

我的家乡有蜡梅花的人家不少。我家的后园有四棵很大的蜡梅。这四棵蜡梅,从我记事的时候,就已经是那样大了。很可能是我的曾祖父在世的时候种的。这样大的蜡梅,我以后在别处没有见过。主干有汤碗口粗细,并排种在一个砖砌的花台上。这四棵蜡梅的花心是紫褐色的,按说这是名种,即所谓"檀心磬口"。蜡梅有两种,一种是檀心的,一种是白心的。我的家乡偏重白心的,美其名曰"冰心蜡梅",而将檀心的贬为"狗心蜡梅"。蜡梅和狗有什么关系呢?真是毫无道理!因为它是狗心的,我们也就不大看得起它。

不过凭良心说,蜡梅是很好看的。其特点是花极多——这也是我们不太珍惜它的原因。物稀则贵,这样多的花,就没有什么稀罕了。每个枝条上都是花,无一空枝。而且长得很密,一朵挨着一朵,挤成了一串。这样大的四棵大蜡梅,满树繁花,黄灿灿地吐向冬日的晴空,那样的热热闹闹,而又那样的安安静静,实在是一个不寻常的境界。不过我们已经司空见惯,每年都有一回。

每年腊月,我们都要折蜡梅花。上树是我的事。蜡梅木质疏松,枝条脆弱,上树是有点危险的。不过蜡梅多枝杈,便于登踏,而且我年幼身轻,正是"一日上树能千回"的时候,从来也没有掉下来过。我的姐姐在下面指点着:"这枝,这枝——哎,对了,对了!"我们要的是横斜旁出的几枝,这样的不蠢;要的是几朵半开,多数是骨朵的,这样可以在瓷瓶里养好几天——如果是全开的,几天就谢了。

下雪了,过年了。大年初一,我早早就起来,到后园选摘几枝全是骨朵的蜡梅,把骨朵都剥下来,用极细的铜丝——这种铜丝是穿珠花用的,就叫作"花丝",把这些骨朵穿成插鬓的花。我们县北门的城门口有一家穿珠花的铺子,我放学回家路过,总要钻进去看几个女工怎样穿珠花,我就用她们的办法穿成各式各样的蜡梅珠花。我在这些蜡梅珠子花当中嵌了几粒天竺果——我家后园的一角有一棵天竺。黄蜡梅、红天竺,我到现在还很得意:那是真的很好看。我把这些蜡梅珠花送给我的祖母,送给大伯母,送给我的继母。她们梳了头,就插戴起来。然后,互相拜年。我应该当一个工艺美术师的,写什么屁小说!

夏天

栀子花

夏天的早晨真舒服。空气很凉爽,草尖还挂着露水(蜘蛛网上也挂着露水)。写大字一张,读古文一篇。夏天的早晨真舒服。

凡花大都是五瓣,栀子花却是六瓣。山歌云:"栀子花开六瓣头。"栀子花粗粗大大,色白,近蒂处微绿,极香,香气简直有点叫人受不了,我的家乡人说是:"碰鼻子香"。栀子花粗粗大大,又香得掸都掸不开,于是为文雅人不取,以为品格不高。栀子花说:"去你的,我就是要这样香,香得痛痛快快,你们管得着吗!"

人们往往把栀子花和白兰花相比。苏州姑娘串街卖花,娇声叫卖:"栀子花!白兰花!"白兰花花朵半开,娇娇嫩嫩,如象牙白玉,香气文静,但有点甜俗,为上海长三堂子的"倌人"所喜,因为听说白兰花要到夜间枕上才格外的香。我觉得红"倌人"的枕上之花,不如船娘髻边花更为刺激。

夏天的花里最为幽静的是珠兰。
牵牛花短命。早晨沾露才开,午时即已萎谢。
秋葵也命薄。瓣淡黄,白心,心外有紫晕。风吹薄瓣,楚楚可怜。

凤仙花有单瓣者,有重瓣者。重瓣者如小牡丹,凤仙花茎粗肥,湖南人用以腌"臭咸菜",此吾乡所未有。
马齿苋、狗尾巴草、益母草,都长得非常旺盛。
淡竹叶开浅蓝色小花,如小蝴蝶,很好看。叶片微似竹叶而较柔软。
"万把钩"即苍耳。因为结的小果上有许多小钩,碰到它就会挂在衣服上,得小心摘去。所以孩子叫它"万把钩"。

我们那里有一种"巴根草",贴地而长,见缝扎根,一棵草蔓延开来,长了很多根,横的,竖的,一大片。而且非常顽强,拉扯不断。很小的孩子就会唱:

巴根草,

绿茵茵,

唱个唱,

把狗听。

最讨厌的是"臭芝麻"。掏蟋蟀、捉金铃子,常常沾了一裤腿。奇臭无比,很难除净。

西瓜以绳络悬之井中,下午剖食,一刀下去,咔嚓有声,凉气四溢,连眼睛都是凉的。

天下皆重"黑籽红瓤",吾乡独以"三白"为贵:白皮、白瓤、白籽。"三白"以东墩产者最佳。

香瓜有牛角酥,状似牛角,瓜皮淡绿色,刨去皮,则瓜肉浓绿,籽赤红,味浓而肉脆,北京亦有,谓之"羊角蜜";虾蟆酥,不甚甜而脆,嚼之有黄瓜香;梨瓜,大如拳,白皮、白瓤,生脆有梨香;有一种较大,皮色如虾蟆,不甚甜,而极"面",孩子们称之为"奶奶哼",说奶奶一边吃,一边"哼"。

蝈蝈,我的家乡叫作"叫蚰子"。叫蚰子有两种。一种叫"侉叫蚰子"。那真是"侉",跟一个小驴子似的,叫起来"咕咕咕咕"很吵人。喂它一点辣椒,更吵得厉害。一种叫"秋叫蚰子",全身碧绿如玻璃翠,小巧玲珑,鸣声亦柔细。

别出声,金铃子在小玻璃盒子里爬哪!它停下来;吃两口食——鸭梨切成小骰子块。它叫了:"丁零零零"……

乘凉。

搬一张大竹床放在天井里,横七竖八一躺,浑身爽利,暑气全消。看月华。月华五色晶莹,变幻不定,非常好看。月亮周围有了一个模模糊糊的大圆圈,谓之"风圈",近几天会刮风。"乌猪子过江了"——黑云漫过天河,要下大雨。

一直到露水下来,竹床子的栏杆都湿了,才回去,这时已经很困了,才沾藤枕(我们那里夏天都枕藤枕或漆枕),已入梦乡。

鸡头米老了,新核桃下来了,夏天就快过去了。

冬天

冬天

天冷了，堂屋里上了槅子。槅子是春暖时卸下来的，一直在厢屋里放着。现在，搬出来，刷洗干净了，换了新的粉连纸，雪白的纸。上了槅子，显得严紧、安适，好像生活中多了一层保护。家人闲坐，灯火可亲。

床上拆了帐子，铺了稻草。洗帐子要拣一个晴朗的好天，当天就晒干。夏布的帐子，晾在院子里。夏天离得远了。稻草装在一个布套里，粗布的,和床一般大。铺了稻草,暄腾腾的,暖和,而且有稻草的香味,使人有幸福感。

不过也还是冷的。南方的冬天比北方难受,屋里不生火。晚上脱了棉衣,钻进冰凉的被窝里;早起,穿上冰凉的棉袄棉裤,真冷。

放了寒假,就可以睡懒觉了。棉衣在铜炉子上烘过了,起来就不是很困难了。尤其是,棉鞋烘得热热的,穿进去真是舒服。

我们那里生烧煤的铁火炉的人家很少。一般取暖,只是铜炉子,脚炉和手炉。脚炉是黄铜的,有多眼的盖。里面烧的是粗糠。粗糠装满,铲上几铲没有烧透的芦柴火(我们那里烧芦苇,叫作"芦柴")的红灰盖在上面。粗糠引着了,冒一阵烟,不一会儿,烟尽了,就可以盖上炉盖。粗糠慢慢延烧,可以经很久。老太太们离不开它。闲来无事,摸摸纸牌,每个老太太脚下都有一个脚炉。脚炉里粗糠太实了,空气不够,火力渐微,就要用"拨火板"沿炉边挖两下,把粗糠拨松,火就旺了。脚炉暖人。脚不冷则周身不冷。焦糠的气味也很好闻。仿日本俳句,可以作一首诗:"冬天,脚炉焦糠的香。"手炉较脚炉小,大都是白铜的,讲究的是银制的。炉盖不是一个一个圆窟窿,大都是镂空的松竹梅花图案。手炉有极小的,中置炭墼(煤炭研为细末,略加蜜,筑成饼状),以纸煤头引着。一个炭墼能经一天。

冬天吃的菜,有乌青菜、冻豆腐、咸菜汤。乌青菜塌棵,平贴地面,江南谓之"塌苦菜",此菜味微苦。我的祖母在后园辟小片地,种乌青菜,经霜,菜叶边缘做紫红色,味道苦中泛甜。乌青菜与"蟹油"同煮,滋味难比。"蟹油"是以大螃蟹煮熟剔肉,加猪油"炼"成的,放在大海碗里,凝成蟹冻,久贮不坏,可吃一冬。豆腐冻后,不知道为什么呈蜂窝状。化开,切小块,与鲜肉、咸肉、牛肉、海米或咸菜同煮,无不佳。冻豆腐宜放辣椒、青蒜。我们那里过去没有北方的大白菜,只有"青菜"。大白菜是从山东运来的,美其名曰"黄芽菜",很贵。"青菜"似油菜而大,高二尺,是一年四季都有的,家家都吃的菜。咸菜即是用青菜腌的。阴天下雪,喝咸菜汤。

冬天的游戏:踢毽子、抓子儿、下"逍遥"。"逍遥"是在一张正方的白纸上,木板印出螺旋的双道,两道之间印出八仙、马、兔子、鲤鱼、虾……每样都是两个,错落排列,不依次序。玩的时候各执铜钱或象棋子为子儿,掷骰子,如果骰子是五点,自"起马"处数起,向前走五步,是兔子,则可向内圈寻找另一个兔子,以子儿押在上面。下一轮开始,自里圈兔子处数起,如是六点,进六步,也许是铁拐李,就寻另一个铁拐李,把子儿押在那个铁拐李上。如果数至里圈的什么图上,则到外圈去找,退回来。点数够了,子儿能进至终点(终点是一座宫殿式的房子,不知是月宫还是龙门),就算赢了。次后进入的为"二家""三家"。"逍遥"两个人玩也可以，三四个人玩也可以。不知道为什么叫作"逍遥"。

早起一睁眼，窗户纸上亮晃晃的，下雪了！雪天，到后园去折蜡梅花、天竺果。明黄色的蜡梅、鲜红的天竺果，白雪，生意盎然。蜡梅开得很长，天竺果尤为耐久，插在胆瓶里，可经半个月。

舂粉子。有一家邻居，有一架碓。这架碓平常不大有人用，只在冬天由附近的一二十家轮流借用。碓屋很小，除了一架碓，只有一些筛子、箩。踩碓很好玩，用脚一踏，吱扭一声，碓嘴扬了起来；嘭的一声，落在碓窝里。粉子舂好了，可以蒸糕，做"年烧饼"（糯米粉为蒂，包豆沙白糖，作为饼，在锅里烙熟），搓圆子（即汤团）。舂粉子，就快过年了。

淡淡秋光

秋海棠

秋葵·凤仙花·秋海棠

秋葵叶似鸡脚，又名鸡脚葵、鸡爪葵。花淡黄色，淡若无质，花瓣内侧近蒂处有檀色晕斑，花心浅白，柱头深紫。秋葵不是名花，然而风致楚楚。古人诗说秋葵似女道士，我觉得很像，虽然我从未见过一个女道士。

凤仙花有单瓣、复瓣。单瓣者多为水红色。复瓣者为深红、浅红、白色。复瓣者花似小牡丹，只是看不见花蕊。花谢，结小房如玉搔头。凤仙花极易活,籽熟,花房裂破,籽实落在泥土、砖缝里,第二年就会长出一棵一棵的凤仙花,不烦栽种。凤仙花可染指甲。凤仙花捣烂,少加矾,用花叶包于指尖,历一夜,第二天指甲就成了浅浅的红颜色。北京人即谓凤仙为"指甲花"。现在大概没有用凤仙花染指甲的了,除非偏远山区的女孩子。

我们那里的秋海棠只有一种,矮矮的草本,开浅红色四瓣的花,中缀黄色的花蕊如小绒球。像北京的银星海棠那样硬秆、大叶、繁花的品种是没有的。

我母亲生肺病后(那年我才三岁)移居在一小屋中,与家人隔离。她死后,这间小屋就成了堆放她生前所用家具什物的贮藏室。有时需要取用一件什么东西,我的继母就打开这间小屋,我也跟着进去看过。这间小屋外面有一小天井,靠墙有一个秋叶形的小花坛。花坛里开着一丛秋海棠。也没有人管它,它自开自落。我母亲没有给我留下什么记忆。我记得的只有两件事。一件是我父亲陪母亲乘船到淮安去就医,把我带在身边。船篷里挂了好些船家自腌的大头菜(盐腌的,白色,有点像南浔大头菜,不像云南的"黑芥"),我一直记着这大头菜的气味。另一件便是这丛秋海棠。我记住这丛秋海棠的时候,我母亲去世已经有两三年了。我并没有感伤情绪,不过看见这丛秋海棠,总会想到母亲去世前是住在这里的。

香橼·木瓜·佛手

我家的"花园"里实在没有多少花。花园里有一座"土山"。这"土山"不知是怎么形成的,是一座长长的隆起的土丘。"山"上只有一棵龙爪槐,旁枝横出,可以倚卧。我常常带了一块带筋的酱牛肉或一块榨菜,半躺在横枝上看小说,读唐诗。"山"的东麓有两棵碧桃,一红一白,春末开花极繁盛。"山"的正面却种了四棵香橼。我不知道我的祖父在开园堆山时为什么要栽了这样几棵树。这玩意就是"橘逾淮南则为枳"的枳(其实这是不对的,橘与枳自是两种)。这是很结实的树。木质坚硬,树皮紧细光滑。叶片经冬不凋,深绿色。树枝有硬刺。春天开白色的花。花后结圆球形的果,秋后成熟。香橼不能吃,瓤极酸涩,很香,不过香得不好闻。凡花果之属有香气者,总要带点甜味才好,香橼的香气里却带有苦味。香橼很肯结,树上累累的都是深绿色的果子。香橼算是我家的"特产",可以摘了送人。但似乎不受欢迎。没有什么用处,只好任由它自己碧绿地垂在枝头。到了冬天,皮色变黄了,放在盘子里,摆在水仙花旁边,也还有点意思,其时已近春节了。总之,香橼不是什么佳果。

香橼皮晒干,切片,就是中药里的枳壳。

花园里有一棵木瓜,不过不大结。我们所玩的木瓜都是从水果摊上买来的。所谓"玩"就是放在衣口袋里,不时取出来,凑在鼻子跟前闻闻。——

那得是较小的,没有人在口袋里揣一个茶叶罐大小的木瓜的。木瓜香味很好闻。屋子里放几个木瓜,一屋子随时都是香的,使人心情恬静。

我们那里木瓜是不吃的。这东西那么硬,怎么吃呢?华南切为小薄片,制为蜜饯。——厦门人是什么都可以做蜜饯的,加了很多味道奇怪的药料。昆明水果店将木瓜切为大片,泡在大玻璃缸里。有人要买,随时用筷子夹出两片。很嫩,很脆,很香。泡木瓜的水里不知加了什么,否则这木头一样的瓜怎么会变得如此脆嫩呢?中国人从前是吃木瓜的。《东京梦华录》载"木瓜水",这大概是一种饮料。

佛手的香味也很好。不过我真不知道一个水果为什么要长得这么奇形怪状!佛手颜色嫩黄可爱。《红楼梦》贾母提到一个蜜蜡佛手,蜜蜡雕为佛手,颜色、质感都近似,设计这件摆设的工匠是个聪明人。蜜蜡不是很珍贵的玉料,但是能够雕成一个佛手那样大的蜜蜡却少见,贾府真是富贵人家。

佛手、木瓜皆可泡酒。佛手酒微有黄色,木瓜酒却是红色的。

橡 栗

橡栗即"狙公赋芧"的芧,不知道为什么我们小时候却叫它"茅栗子"。这是"形近而讹"吗?不过我小时候根本不认得这个"芧"字。橡即栎。我们也不认得"栎"字,只是叫它"茅栗子树"。我们那里茅栗子树极少,只有西门外小校场的西边有一棵,很大。到了秋天,茅栗子熟了,落在地下,我们就去捡茅栗子玩。茅栗有什么好玩的?形状挺有趣,有一点像一个小坛子,不过底是尖的。皮色浅黄,很光滑。如此而已。我们有时在它的像个小盖子似的蒂部扎一个小窟窿,插进半截火柴棍,成了一个"捻捻转"。用手一捻,它就在桌面上旋转,像一个小陀螺。如此而已。

小校场是很偏僻的地方,附近没有什么人家。有一次,我和几个女同学去捡茅栗子,天黑下来了,我们忽然有些害怕,就赶紧往城里走。路过一家孤零零的人家门外,门前站着一个岁数不大的人,说:"你们要茅栗子吗?我家里有!"我们立刻感到:这是个坏人。我们没有搭理他,只是加快了脚步,拼命地走。我是同学里唯一的男子汉,便像一个勇士似的走在最后。到了城门口,发现这个坏人没有跟上来,才松了一口气。当时的紧张心情,我过了很多年还记得。

梧 桐

一叶落而知天下秋,梧桐是秋的信使。梧桐叶大,易受风。叶柄甚长,叶柄与树枝连接不很结实,好像是粘上去的。风一吹,树叶极易脱落。立秋那天,梧桐树本来好好的,碧绿碧绿,忽然一阵小风,欻的一声,飘下一片叶子,无事的诗人吃了一惊:啊!秋天了!其实只是桐叶易落,并不是对于时序有特别敏感的"物性"。梧桐落叶早,但不是很快就落尽。《唐明皇秋夜梧桐雨》证明秋后梧桐还是有叶子的,否则雨落在光秃秃的枝干上,不会发出使多情的皇帝伤感的声音。据我的印象,梧桐大批地落叶,已是深秋,树叶已干,梧桐籽已熟。往往是一夜大风,第二天起来一看,满地梧桐叶,树上一片也不剩了。梧桐籽炒食极香,极酥脆,只是太小了。

我的小学校园中有几棵大梧桐,大风之后,我们就争着捡梧桐叶。我们要的不是叶片,而是叶柄。梧桐叶柄末端稍稍鼓起,如一小马蹄。这个小马蹄纤维很粗,可以磨墨。所谓"磨墨"其实是在砚台上注了水,用粗纤维的叶柄来回磨蹭,把砚台上干硬的宿墨磨化了,可以写字了而已。不过我们都很喜欢用梧桐叶柄磨墨,好像这样磨出的墨写出字来特别的好。一到梧桐落叶那几天,我们的书包里都有许多梧桐叶柄,好像这是什么宝贝。对于这样毫不值钱的东西的珍视,是可以不当一回事的吗?不啊!这里凝聚着我们对于时序的感情。这是"俺们的秋天"。

生机

芋头

一九四六年夏天,我离开昆明去上海,途经香港。因为等船期,滞留了几天,住在一家华侨公寓的楼上。这是一家下等公寓,已经很敝旧了,墙壁多半没有粉刷过。住客是开机帆船的水手,跑澳门做鱿鱼、蚝油生意的小商人,准备到南洋开饭馆的厨师,还有一些说不清是什么身份的角色。这里吃住都是很便宜的。住,很简单,有一条席子,随便哪里都能躺一夜。每天两顿饭,米很白。菜是一碟炒通菜、一碟在开水里焯过的墨斗鱼脚,还顿顿如此。墨斗鱼脚,我倒爱吃,因为这是海味。——我在昆明七年,很少吃到海味。只是心情很不好。我到上海,想去谋一个职业,一点着落也没有,真是前途渺茫。带来的钱,买了船票,已经所剩无几。在这里又是举目无亲,连一个可以说说话的人都没有。我整天无所事事,除了到皇后道、德辅道去瞎逛,就是蹲到走廊上去看水手、小商人、厨师打麻将。真是无聊呀。

我忽然发现了一个奇迹,一棵芋头!楼上的一侧,一个很大的阳台,阳台上堆着一堆煤块,煤块里竟然长出一棵芋头!大概不知是谁把一个不中吃的芋头随手扔在煤堆里,它竟然活了。没有土壤,更没有肥料,仅仅靠了一点雨水,它,长出了几片碧绿肥厚的大叶子,在微风里高高兴兴地摇曳着。在寂寞的羁旅之中看到这几片绿叶,我心里真是说不出的喜欢。这几片绿叶使我欣慰,并且,并不夸张地说,使我获得一点生活的勇气。

长进树皮里的铁蒺藜

玉渊潭当中有一条南北的长堤,把玉渊潭隔成了东湖和西湖。堤中间有一水闸,东西两湖之水可通。东湖挨近钓鱼台。"四人帮"横行时期,沿东湖岸边拦了铁丝网。附近的老居民把铁丝网叫作铁蒺藜。铁丝网就缠在湖边的柳树干上,绕一个圈,用钉子钉死。东湖被圈禁起来了。湖里长满了水草,有成群的野鸭凫游,没有人。

湖中的堤上还可以通过,也可以散散步,但是最好不要停留太久,更不能拍照。我的孩子有一次带了一个照相机,举起来对着钓鱼台方向比了比,马上走过来一个解放军,很严肃地说:"不许拍照!"行人从堤上过,总不禁要向钓鱼台看两眼,心里想:那里头现在在干什么呢?

"四人帮"粉碎后,铁丝网拆掉了。东湖解放了。岸上有人散步、遛鸟,湖里有了游船,还有人划着轮胎内带扎成的筏子撒网捕鱼,有人弹吉他、吹口琴、唱歌。住在附近的老人每天在固定的地方聚会闲谈。他们谈柴米油盐、男婚女嫁、玉渊潭的变迁……

但是铁蒺藜并没有拆净。有一棵柳树上还留着一圈。铁蒺藜勒得紧,柳树长大了,把铁蒺藜长进树皮里去了。兜着铁蒺藜的树皮愈合了。鼓出了一圈,外面还露着一截铁的毛刺。

有人问:"这棵树怎么啦?"

一个老人说:"铁蒺藜勒的!"

这棵柳树将带着一圈长进树皮里的铁蒺藜继续往上长,长得很大,很高。

一
技

珠花

花

  北门口有一家穿珠花的。我小时候,妇女出客都还兴戴珠花。每次放学路过,我总愿意到这家穿珠花的作坊里去看看。铺面很小,只有一个老师傅带两个徒弟做活儿。老师傅手艺非常熟练。穿珠花一般都是小珠子——米珠。偶尔有定珠花的人家从自己家里拿来大珠子,比如听说有一个叫汪炳的,他娶亲时新娘子鞋尖的四颗珍珠有豌豆大!一般都没有用这样大的珠子穿珠花的,那得做别的用处,比如钉在"帽勒子"上。老师傅用小镊子拈起一颗一颗米珠,用细铜丝一穿,这种细铜丝就叫作"花丝"。看也不看,就穿成了一串，放在一边（我到现在还不明白那么小的珠子怎样打的孔）。珠串做齐，把花丝扭在一起，左一别，右一别，加上铜托，一朵珠花就做成了。珠花有几种式样，以"凤穿牡丹""丹凤朝阳"最多。

现在戴珠花的几乎没有了，只有戏曲旦角演员的"头面"上还用。但大都是玻璃料珠。用真的"珍珠头面"的，恐怕很少了。

发蓝点翠

"发蓝"是在银首饰（主要是簪子）上，錾出花纹，在花纹空处，填以

发蓝点翠

珐琅彩料,用吹管(这种吹管很简单,只是一个豆油灯碗,放七八根灯草,用一根铜管呼呼地吹)吹得珐琅彩料与银器融为一体,略经打磨,碱水洗净,即成。

"点翠"是把翠鸟的翅羽剪成小片,按首饰的需要,嵌在银器里,加热,使"翠"不致脱落,即可。

齐白石题画翠鸟:"羽毛可取。"翠鸟毛的颜色确实无可代替。但是现在旦角头面没有"点翠"的,大都是化学药品染制的绸料贴上去的了。

真的点翠现在还不难见到,十三陵定陵皇后的凤冠就是点翠的。不过大概是复制品,不是原物。

葡萄常

葡萄常三姐妹都没有嫁人。她们做的葡萄(作为摆设)别的倒也没有什么稀奇:都是玻璃吹出来的,很像,颜色有紫红的、绿的;特异处在葡萄皮外面挂着一层轻轻的粉,跟真葡萄一样。这层薄薄的粉是怎么弄上去的?——常家不是刷上去或喷上去的。多少做玩器的都琢磨过,琢磨不出来。这是常家的独得之秘,不外传。这样,才博得"葡萄常"的名声。

常家三姐妹相继去世,"葡萄常"从此绝矣。

四处去经历篇

湘行二记

桃花源

桃花源记

汽车开进桃花源,车中一眼看见一棵桃树上还开着花。只有一枝,四五朵,通红的,如同胭脂。十一月天气,还开桃花!这四五朵红花似乎想努力地证明:这里确实是桃花源。

有一位原来也想和我们一同来看看桃花源的同志,听说这个桃花源是假的,就没有多大兴趣,不来了。这位同志真是太天真了。桃花源怎么可能是真的呢?《桃花源记》是一篇寓言。我国有几处桃花源,都是后人根据《桃花源诗并记》附会出来的。先有《桃花源记》,然后有桃花源。不过如果要在我国选举出一个桃花源,这一个应该有优先权。这个桃花源在湖南桃源县,桃源旧属武陵。而且这里有一条小溪,直通沅江。陶渊明的《桃花源记》不是这样说的嘛:"晋太元中,武陵人,捕鱼为业,缘溪行,忘路之远近……"

刚放下旅行包,文化局的同志就来招呼去吃擂茶。闻擂茶之名久矣,此来一半为擂茶,没想到下车后第一个节目便是吃擂茶,当然很高兴。茶叶、老姜、芝麻、米、盐,放在一个擂钵里,用硬杂木做的擂棒"擂"成细末,用开水冲开,便是擂茶。吃擂茶时还要摆出十几个碟子,里面装的是炒米、炒黄豆、炒绿豆、炒苞谷、炒花生、砂炒红薯片、油炸锅巴、泡菜、酸辣藠头……边喝边吃。

擂茶别具风味,连喝几碗,浑身舒服。佐茶的茶食也都很好吃,藠头尤其好。我吃过的藠头多矣,江西的、湖北的、四川的……但都不如这里的又酸又甜又辣,桃源藠头滋味之浓,实为天下冠。桃源人都爱喝擂茶。有的农民家,夏天中午不吃饭,就是喝一顿擂茶。问起擂茶的来历,说是诸葛亮带兵到这里,士兵得了瘟疫,遍请名医,医治无效,有一个老婆婆说:"我会治!"她熬了几大锅擂茶,说:"喝吧!"士兵喝了擂茶,都好了。这种说法当然也只好姑妄听之。诸葛亮有没有带兵到过桃源,无可稽考。根据印象,这一带在三国时应是吴国的地方,若说是鲁肃或周瑜的兵,还差不多。我总怀疑,这种喝茶法是宋代传下来的。《都城纪胜·茶坊》载:"冬天兼卖擂茶。"《梦粱录·茶肆》条载:"冬月添卖七宝擂茶。"有一本书载:"杭州人一天吃三十丈木头。"指的是每天消耗的"擂槌"的表层木质。"擂槌"大概就是桃源人所说的擂棒。"一天吃三十丈木头",形容杭州人口之多。

擂槌可以擂别的东西,当然也可以擂茶。"擂"这个字是从宋代沿用下来的。"擂"者,擂而细之之谓也,跟擂鼓的擂不是一个意思。茶里放姜,见于《水浒传》,王婆家就有这种茶卖,《水浒传》第二十四回写道:"便浓浓地点两盏姜茶,将来放在桌子上。"从字面看,这种茶里有茶叶,有姜,至于还放不放别的什么,只好阙闻了。反正,王婆所卖之茶与桃源擂茶有某种渊源,是可以肯定的。湖南省不少地方喝"芝麻豆子茶",即在茶里放入炒熟且碾碎的芝麻、黄豆、花生,也有放姜的,好像不加盐,茶叶则是整的,并不擂细,而且喝干了茶水还把叶子捞出来放进嘴里嚼嚼吃了,这可以说是擂茶的嫡堂兄弟。湖南人爱吃姜。十多年前我在醴陵、浏阳一带旅行,公共汽车一到站,就有人托了一个瓷盘,里面装的是插在牙签上的切得薄薄的姜片,一根牙签上插五六片,卖与过客。本地人掏出角把钱,买得几串,就坐在车里吃起来,像吃水果似的。大概楚地卑湿,故湘人保存了不撤姜食的习惯。生姜、茶叶可以治疗某些外感,是一般的本草书上都讲过的。北方的农村也有把茶叶、芝麻一同放在嘴里生嚼用来发汗的偏方。因此,说擂茶最初起于医治兵士的时症,不为无因。

上午在山上桃花观里看了看。进门是一正殿,往后高处是"古隐君子之堂"。两侧各有一座楼,一名"蹑风",用陶渊明"愿言蹑轻风"诗意;一名"玩月",用刘禹锡故实。楼皆三面开窗,后为墙壁,颇小巧,不俗气。观里的建筑都不甚高大,疏疏朗朗,虽为道观,却无其道士气,既没有一气化三清的坐像,也没有伸着手掌放掌心雷降妖的张天师。楹联颇多,联语多隐括《桃花源记》词句,也与道教无关。这些联匾在"文化大革命"中由一看山的老人摘下藏了起来,没有交给"破四旧"的"红卫兵",故能完整地重新挂出来,也算万幸了。

下午下山,去钻了"秦人洞"。洞口倒是有点像《桃花源记》所写的那样,"山有小口,仿佛若有光","初极狭,才通人"。洞里有小小流水,深不过人脚面,然而源源不竭,蜿蜒流至山下。走了几十步,豁然开朗了,但并不是"土地平旷,屋舍俨然,有良田桑竹之属,阡陌交通,鸡犬相闻"。后面有一点平地,也有一块稻田,田中插一木牌,写着:"千丘田",实际上只有两间房子那样大,是特意开出来种了稻子应景的。有两个水池子,山上有一个擂茶馆,再后就又是山了。如此而已。因此不少人来看了,都觉得失望,说是"不像"。这些同志也真是天真。他们大概还想遇见几个避乱的秦人,请到家里,设酒杀鸡来招待他们一番,这才满意。

看了秦人洞,便扶向路下山。山下有方竹亭,亭极古拙,四面有门而无窗,墙甚厚,拱顶,无梁柱,云是明代所筑,似可信。亭后旧有方竹,为国民党的兵砍尽。竹子这个东西,每隔三年,须删砍一次,不则挤死;然亦不能砍尽,砍尽则不复长。现在方竹亭后仍有一丛细竹,导游的说明牌上说:这种竹子看起来是圆的,摸起来是方的。摸了摸,似乎有点棱。但一切竹竿似皆不尽浑圆,这一丛细竹是补种来应景的,和我在成都薛涛井旁所见方竹不同——那是真正"对角四方"的。方竹亭前原来有很多碑,"文化大革命"中都被"红卫兵"砸碎了,剩下一些石头乌龟昂着头空空地趴在那里。据说有一块明朝的碑,字写得很好,不知还能不能找到拓本。

旧的碑毁掉了,新的碑正在造出来。就在碎碑残骸不远处,有几个石工正在丁丁地斫治。一个小伙子在一块桃源石的巨碑上浇了水,用一块油石在慢慢地磨着。碑石绿如艾叶,很好看。桃源石很硬,磨起来很不容易。我问:"磨这样一块碑得用多少工?""好多工啊?哪晓得呢!反正磨光了算！"这回答真有点无怀氏之民的风度。

晚饭后，管理处的同志摆出了纸墨笔砚，请求写几个字，把上午吃擂茶时想出的四句诗写给了他们：

红桃曾照秦时月，
黄菊重开陶令花。
大乱十年成一梦，
与君安坐吃擂茶。

晚宿观旁的小招待所，栏杆外面，竹树萧然，极为幽静。桃花源虽无真正的方竹，但其他竹子都可看。竹子都长得很高，节子也长，竹叶细碎，姗姗可爱，真是所谓修竹。树都不粗壮，而都甚高。大概树都是从谷底长上来的，为了够得着日光，就把自己拉长了。竹叶间有小鸟穿来穿去，绿如竹叶，才一寸多长。

修竹姗姗节子长，
山中高树已经霜。
经霜竹树皆无语，
小鸟啾啾为底忙？

晨起,至桃花观门外闲眺,下起了小雨。

山下鸡鸣相应答,
林间鸟语自高低。
芭蕉叶响知来雨,
已觉清流涨小溪。

做了一日武陵人,临去,看那个小伙子磨的石碑,似乎进展不大。门口的桃花还在开着。

岳阳楼记

岳阳楼值得一看。

长江三胜,滕王阁、黄鹤楼都没有了,就剩下这座岳阳楼了。

岳阳楼最初是唐开元中中书令张说所建,但在一般中国人印象里,它是滕子京建的。滕子京之所以出名,是由于范仲淹的《岳阳楼记》。我国过去的读书人很少没有读过《岳阳楼记》的。《岳阳楼记》一开头就写道:"庆历四年春,滕子京谪守巴陵郡。越明年,政通人和,百废俱兴……"虽然范记写得很清楚,滕子京不过是"重修岳阳楼,增其旧制",然而大家不甚注意,总以为这是滕子京建的。岳阳楼和滕子京这个名字分不开了。滕子京一

四处去经历篇

岳阳楼

生做过什么事,大家不去理会,只知道他修建了岳阳楼,好像他这辈子就做了这一件事。滕子京因为岳阳楼而不朽,而岳阳楼又因为范仲淹的一记而不朽。若无范仲淹的《岳阳楼记》,不会有那么多人知道岳阳楼,有那么多人对它向往。《岳阳楼记》通篇写得很好,而尤其为人传诵者,是"先天下之忧而忧,后天下之乐而乐"这两句名言。可以这样说:岳阳楼是由于这两句名言而名闻天下的。这大概是滕子京始料所不及,亦为范仲淹始料所不及。这位"胸中自有数万甲兵"的范老夫子的事迹大家也多不甚了了,他流传后世的,除了几首词,最突出的,便是一篇《岳阳楼记》和里面的这两句话。

这两句话哺育了很多后代人,对我国知识分子的品德的形成,产生了极其深远的影响。匹夫而为百世师,一言而为天下法,呜呼,立言的价值之重且大矣,可不慎哉!

写这篇《岳阳楼记》的时候,范仲淹不在岳阳,他被贬在邓州,即今河南邓州市,而且听说他根本就没有到过岳阳,《岳阳楼记》中对岳阳楼四周景色的描写,完全出自想象。这真是不可思议的事。他没有到过岳阳,可是比许多久住岳阳的人看到的还要真切。岳阳的景色是想象的,但是"先天下之忧而忧,后天下之乐而乐"的思想却是久经考虑,出于胸臆的,真实的、深刻的。看来一篇文章最重要的是思想。有了独特的思想,才能调动想象,才能把在别处所得到的印象概括集中起来。范仲淹虽可能没有看到过洞庭湖,但是他看到过很多巨浸大泽。他是吴县人,太湖是一定看过的。我很深疑他对洞庭湖的描写,有些是从太湖印象中借用过来的。

现在的岳阳楼早已不是滕子京重修的了。这座楼烧掉了几次。据《巴陵县志》载:"岳阳楼在明崇祯十二年毁于火,推官陶宗孔重建。清顺治十四年又毁于火,康熙二十二年由知府李遇时、知县赵士珩捐资重建。康熙二十七年又毁于火,直到乾隆五年由总督班第集资修复。"因此范记所云"刻唐贤、今人诗赋于其上",已不可见。现在楼上刻在檀木屏上的《岳阳楼记》系张照所书，楼里的大部分楹联是到处写字的"道州何绍基"写的，张、何皆乾隆间人。但是人们还相信这是滕子京修的那座楼，因为范仲淹的《岳阳楼记》实在太深入人心了。也很可能，后来两次修复，都还保存了滕楼的旧样。九百多年前的规模格局，至今犹能得其仿佛，斯可贵矣。

我在别处没有看见过一个像岳阳楼这样的建筑。全楼为四柱、三层、盔顶的纯木结构。主楼三层，高十五米，中间以四根楠木巨柱从地到顶承荷全楼大部分重力，再用十二根宝柱作为内围，外围绕以十二根檐柱，彼此牵制，结为整体。全楼纯用木料构成，逗缝对榫，没用一钉一铆，一块砖石。楼的结构精巧，但是看起来端庄浑厚，落落大方，没有搔首弄姿的小家气，在烟波浩渺的洞庭湖上很压得住，很有气魄。

岳阳楼本身很美，尤其美的是它所占的地势。"滕王高阁临江渚"，看来和长江是有一段距离的。黄鹤楼在蛇山上，晴川历历，芳草萋萋，宜俯瞰，宜远眺，楼在江之上，江之外，江自江，楼自楼。岳阳楼则好像直接从洞庭湖里长出来的。楼在岳阳西门之上，城门口即是洞庭湖。伏在楼外女墙上，好像洞庭湖就在脚底，丢一个石子，就能听见水响。楼与湖是一整体。没有洞庭湖，岳阳楼不成其为岳阳楼；没有岳阳楼，洞庭湖也就不成其为洞庭湖了。站在岳阳楼上，可以清清楚楚地看到湖中帆来船往，渔歌互答，可以扬声与舟中人说话；同时又可远看浩浩荡荡、横无际涯、北通巫峡、南极潇湘的湖水，远近咸宜，皆可悦目。"气蒸云梦泽，波撼岳阳城"，并非虚语。

我们登岳阳楼那天下雨，游人不多。有三四级风，洞庭湖里的浪不大，没有起白花。本地人说不起白花的是"波"，起白花的是"涌"。"波"和"涌"有这样的区别，我还是第一次听到。这可以增加对于"洞庭波涌连天雪"的一点新的理解。

夜读《岳阳楼诗词选》。读多了，有千篇一律之感。最有气魄的还是孟浩然的那一联和杜甫的"吴楚东南坼，乾坤日夜浮"。刘禹锡的"遥望洞庭山水翠，白银盘里一青螺"，化大境界为小景，另辟蹊径。许棠因为《洞庭》一诗，当时号称"许洞庭"，但"四顾疑无地，中流忽有山"，只是工巧而已。滕子京的《临江仙》把"气蒸云梦泽，波撼岳阳城""曲终人不见，江上数峰青"整句地搬了进来，未免过于省事！吕洞宾的绝句："朝游岳鄂暮苍梧，袖里青蛇胆气粗。三醉岳阳人不识，朗吟飞过洞庭湖。"很有点仙气，但我怀疑这是伪造的（清人陈玉垣《岳阳楼》诗有句云："堪惜忠魂无处奠，却教羽客踞华楹。"他主张岳阳楼上当奉屈左徒为宗主，把楼上的吕洞宾的塑像请出去，我准备投他一票）。写得最美的，还是屈大夫的"袅袅兮秋风，洞庭波兮木叶下"，两句话，把洞庭湖就写完了！

从戈壁滩到火焰山

戈壁滩

　　从乌鲁木齐到吐鲁番,要经过一片很大的戈壁滩。这是典型的大戈壁,寸草不生。没有任何生物。我经过别处的戈壁,总还有点芨芨草、梭梭、红柳,偶尔有一两棵曼陀罗开着白花,有几只像黑漆涂出来的乌鸦。这里什么都没有。没有飞鸟的影子,没有虫声,连苔藓的痕迹都没有。就是一片大平地,平极了。地面都是砾石。都差不多大,好像是筛选过的。有黑的、有白的。铺得很均匀。远看像铺了一地炉灰渣子。一望无际。真是荒凉。太古洪荒。真像是到了一个什么别的星球上。

我们的汽车以每小时八十公里的速度在平坦的柏油路上奔驰,我觉得汽车像一只快艇飞驶在海上。

戈壁上时常见到幻影,远看一片湖泊,清清楚楚。走近了,什么也没有。幻影曾经欺骗了很多干渴的旅人。幻影不难碰到,我们一路见到多次。

人怎么能通过这样的地方呢?他们为什么要通过这样的地方?他们要去干什么?

不能不想起张骞,想起班超,想起玄奘法师。他们都是了不起的人……

快到吐鲁番了,已经看到坎儿井。坎儿井像一溜一溜巨大的蚁垤(垤:dié,蚂蚁做窝时堆在洞口的土)。下面是暗渠,流着从天山引下来的雪水。这些大蚁垤是挖渠掏出的砾石堆。现在有了水泥管道,有些坎儿井已经废弃了,有些还在用着。总有一天,它们都会成为古迹的。但是不管到什么时候,看到这些巨大的蚁垤,想到人能够从这样的大戈壁下面把水引了出来,心中还是会涌起历史的庄严感和悲壮感的。

到了吐鲁番,看到房屋、市街、树木,加上天气特殊的干热,人昏昏的,有点像做梦。有点不相信我们是从那样荒凉的戈壁滩上走过来的。

吐鲁番是一个著名的绿洲。绿洲是什么意思呢?我从小就在诗歌里知道绿洲,以为只是有水草树木的地方。而且既名为洲,想必很小。不对。绿洲很大。绿洲是人所居住的地方。绿洲意味着人的生活,人的勤劳,人的生老病死、喜怒哀乐,人的文明。

一出吐鲁番,南面便是火焰山。

又是戈壁。下面是苍茫的戈壁,前面是通红的火焰山。靠近火焰山时,发现戈壁上长了一丛丛翠绿翠绿的梭梭。这样一个无雨的、酷热的戈壁上怎么会长出梭梭来呢?而且是那样的绿!不知它是本来就是这样绿,还是通红的山把它衬得更绿了。大概在干旱的戈壁上,凡能发绿的植物,都罄其生命,拼命地绿。这一丛一丛的翠绿,是一声一声胜利的呼喊。

火焰山,前人记载,都说它颜色赤红如火。不止此也。整个山像一场正在燃烧的大火。凡火之颜色、形态无不具。有些地方如火方炽,火苗高蹿,颜色正红。有些地方已经烧成白热,火头旋拧如波涛。有一处火头得了风,火借风势,呼啸而起,横扯成了一条很长的火带,颜色微黄。有几处,下面的小火为上面的大火所逼,带着烟末气流,倒溢而出。有几个小山岔,褶缝间黑黑的,分明是残火将熄的烟炱(炱:tái,烟气凝聚而成的黑灰)……火焰山真是一个奇观。

火焰山大概是风造成的,山的石质本是红的,表面风化,成为细细的红沙。于是风在这些疏松的沙土上雕镂搜剔,刻出了一场热热烘烘、刮刮杂杂的大火。风是个大手笔。

火焰山下极热,盛夏地表温度至七十多摄氏度。

火焰山下,大戈壁上,有一条山沟,长十余里,沟中有一条从天山流下来的河,河两岸,除了石榴、无花果、棉花、一般的庄稼,种的都是葡萄,是为葡萄沟。

葡萄沟里到处是晾葡萄干的荫房。——葡萄干是晾出来的,不是晒出来的。四方的土房子,四面都用土墼(墼:jī,未烧的砖坯)砌出透空的花墙。无核白葡萄就一长串一长串地挂在里面,尽吐鲁番特有的干燥的热风,把它吹上四十天,就成了葡萄干,运到北京、上海、外国。

吐鲁番的葡萄全国第一,各样品种无不极甜,而且皮很薄,入口即化。吐鲁番人吃葡萄都不吐皮,因为无皮可吐。——不但不吐皮,连核也一同吃下,他们认为葡萄核是好东西。北京绕口令曰:"吃葡萄不吐葡萄皮儿。"未免少见多怪。

天山行色

天池

行色匆匆

——常语

南山塔松

所谓南山者,是一片塔松林。

乌鲁木齐附近,可游之处有二,一为南山,一为天池。凡到乌鲁木齐者,无不往。

南山是天山的边缘,还不是腹地。南山是牧区。汽车渐入南山境,已经看到牧区景象。两边的山起伏连绵,山势皆平缓,望之浑然,遍山长着茸茸的细草。去年雪不大,草很短。老远地就看到山间错错落落,一丛一丛的塔松,黑黑的。

汽车路尽,舍车从山涧两边的石径向上走,进入松林深处。

塔松极干净,叶片片如新拭,无一枯枝,颜色蓝绿。空气也极干净。我们藉草倚树吃西瓜,起身时衣裤上都沾了松脂。

新疆雨量很少,空气很干燥,南山雨稍多,本地人说:"一块帽子大的云也能下一阵雨。"然而也不过只是帽子大的云的那么一点雨,南山也还是干燥的。然而一棵一棵塔松密密地长起来了,就靠了去年的雪和那么一点雨。塔松林中草很丰盛,花很多,树下可以捡到蘑菇。蘑菇大如掌,洁白细嫩。

塔松带来了湿润,带来了一片雨意。

树是雨。

南山之胜处为杨树沟、菊花台,皆未往。

天池雪水

一位维吾尔族的青年油画家（他看来很有才气）告诉我："天池是不能画的，太蓝，太绿，画出来像假的。"

天池在博格达雪山下。博格达山终年用它的晶莹洁白吸引着乌鲁木齐人的眼睛。博格达是乌鲁木齐的标志，乌鲁木齐的许多轻工业产品都用博格达山做商标。

汽车出乌鲁木齐，驰过荒凉苍茫的戈壁滩，驰向天池。我恍惚觉得不是身在新疆，而是在南方的什么地方。庄稼长得非常壮大茁实，油绿油绿的，看了叫人身心舒畅。路旁的房屋也都干净整齐。行人的气色也很好，全都显出欣慰而满足。黄发垂髫，并怡然自得。有一个地方，一片极大的坪场，长了一片极大的榆树林。榆树皆数百年物，有些得两三个人才抱得过来。树皆健旺，无衰老态。树下悠然地走着牛犊。新疆山风化层厚，少露石骨。有一处，悬崖壁立，石骨尽露，石质坚硬而有光泽，黑如精铁，石缝间长出大树，树荫下覆，纤藤细草，蒙翳披纷，石壁下是一条湍急而清亮的河水……这不像是新疆，好像是四川的峨眉山。

到小天池（谁编出来的，说这是王母娘娘洗脚的地方，真是煞风景！）少憩，在崖下池边站了一会儿，赶快就上来了：水边凉气逼人。

到了天池,嚄!那位维吾尔族画家说得真是不错。有人脱口说了一句:"春水碧于蓝。"

天池的水,碧蓝碧蓝的。上面稍远处,是雪白的雪山。对面的山上密密匝匝地布满了塔松——塔松即云杉。长得非常整齐,一排一排的,一棵一棵挨着,依山而上,显得是人工布置的。池水极平静,塔松、雪山和天上的云影倒映在池水当中,一丝不爽。我觉得这不像在中国,好像是在瑞士的风景明信片上见过的景色。

或说天池是火山口——我国的好些天池都是火山口,自春至夏,博格达山积雪融化,流注其中,终年盈满,水深不可测。天池雪水流下山,流域颇广。凡雪水流经处,皆草木华滋,人畜两旺。

作《天池雪水歌》:

明月照天山,
雪峰淡淡蓝。
春暖雪化水流渐,
流入深谷为天池。
天池水如孔雀绿,

水中森森万松覆。
有时倒映雪山影,
雪山倒影明如玉。
天池雪水下山来,
快笑高歌不复回。
下山水如蓝玛瑙,
卷沫喷花斗奇巧。
雪水流处长榆树,
风吹白杨绿火炬。
雪水流处有人家,
白白红红大丽花。
雪水流处小麦熟,
新面打馕烤羊肉。
雪水流经山北麓,
长宜子孙聚国族。
天池雪水深几许?
储量恰当一年雨。
我从燕山向天山,
曾度苍茫戈壁滩。

万里西来终不悔,

待饮天池一杯水。

天 山

天山大气磅礴,大刀阔斧。

一个国画家到新疆来画天山,可以说是毫无办法。所有一切皴法,大小斧劈、披麻、解索、牛毛、豆瓣,统统用不上。天山风化层很厚,石骨深藏在沙砾泥土之中,表面平平浑浑,不见棱角。一个大山头,只有阴阳明暗几个面,没有任何琐碎的笔触。

天山无奇峰,无陡壁悬崖,无流泉瀑布,无亭台楼阁,而且没有一棵树——树都在"山里"。画国画者以树为山之目,天山无树,就是一大片一大片紫褐色的光秃秃的裸露的干山,国画家没了辙了!

自乌鲁木齐至伊犁,无处不见天山。天山绵延不绝,无尽无休,其长不知几千里也。

天山是雄伟的。

早发乌苏望天山:

苍苍浮紫气,

天山真雄伟。

陵谷分阴阳,

不假皴擦美。

初阳照积雪,

色如胭脂水。

往霍尔果斯途中望天山:

天山在天上,

没在白云间。

色与云相似,

微露数峰巅。

只从蓝襞褶,

遥知这是山。

到伊犁,行装甫卸,正洗着脸,听见斑鸠叫:

"鹁鸪鸪——咕。"

"鹁鸪鸪——咕……"

这引动了我的一点乡情。

我有很多年没有听见斑鸠叫了。

我的家乡是有很多斑鸠的。我家的荒废的后园的一棵树上，住着一对斑鸠。"天将雨，鸠唤妇"，到了浓阴将雨的天气，就听见斑鸠叫，叫得很急切：

"鹁鸪鸪，鹁鸪鸪，鹁鸪鸪……"

斑鸠在叫它的媳妇哩。

到了积雨将晴，又听见斑鸠叫，叫得很懒散：

"鹁鸪鸪——咕！"

"鹁鸪鸪——咕！"

单声叫雨，双声叫晴。这是双声，是斑鸠的媳妇回来啦。"——咕"，这是媳妇在应答。

是不是这样呢？我一直没有踏着挂着雨珠的青草去循声观察过。然而凭着鸠声的单双以占阴晴，似乎很灵验。我小时常常在将雨或将晴的天气里，谛听着鸠鸣，心里又快乐又忧愁，凄凄凉凉的，凄凉得那么甜美。

我童年的鸠声啊。

昆明似乎应该有斑鸠，然而我没有听鸠的印象。

上海没有斑鸠。

我在北京住了多年,没有听过斑鸠叫。

张家口没有斑鸠。

我在伊犁,在祖国的西北边疆,听见斑鸠叫了。

"鹁鸪鸪——咕!"

"鹁鸪鸪——咕!"

伊犁的鸠声似乎比我故乡的要低沉一些、苍老一些。

有鸠声处,必多雨,且多大树。鸣鸠多藏于深树间。伊犁多雨。伊犁在全新疆是少有的雨多的地方。伊犁的树很多。我所住的伊犁宾馆,原是苏联领事馆,大树很多,青皮杨多合抱者。

伊犁很美。

洪亮吉《伊犁记事诗》云:

鹁鸪啼处却春风,
宛如江南气候同。

注意到伊犁的鸠声的,不是我一个人。

伊犁河

伊犁河

人间无水不朝东,伊犁河水向西流。

河水颜色灰白,流势不甚急,不紧不慢,汤汤洄洄,似若有所依恋。河下游,流入哈萨克斯坦。

在河边小作盘桓。使我惊喜的是河边长满我所熟悉的水乡的植物:芦苇、蒲草。蒲草甚高,高过人头。洪亮吉《天山客话》记云:"惠远城关帝庙后,颇有池台之胜,池中积蒲盈顷,游鱼百尾,蛙声间之。"伊犁河岸之生长蒲草,是古已有之的事了。蒲苇旁边,摇动着一串一串殷红的水蓼花,俨然江南秋色。

蹲在伊犁河边捡小石子,起身时发觉腿上脚上有几个地方奇痒,伊犁有蚊子!乌鲁木齐没有蚊子,新疆很多地方没有蚊子,伊犁有蚊子,因为伊犁水多。水多是好事,咬两下也值得。自来新疆,我才更深切地体会到水对于人生活的重要性。

几乎每个人看到戈壁滩,都要发出这样的感慨:这么大的地,要是有水,能长多少粮食啊!

伊犁河北岸为惠远城。这是"总统伊犁一带"的伊犁将军的驻地,也是获罪的"废员"充军的地方。充军到伊犁,具体地说,就是到惠远。伊犁是个大地名。

惠远有新老两座城。老城建于清乾隆二十七年,后为伊犁河水冲溃,废。清光绪八年,于旧城西北郊十五里处建新城。

我们到新城看了看。城是土城——新疆的城都是土城,黄土版筑而成,颇简陋,想见是草草营建的。光绪年间,清廷的国力已经很弱了。将军府遗址尚在,房屋已经翻盖过,但大体规模还看得出来。照例是个大衙门的派头,大堂、二堂、花厅,还有个供将军下棋饮酒的亭子。两侧各有一溜耳房,这便是"废员"们办事的地方。将军府下设六个处,"废员"们都须分发在各处效力。现在的房屋有些地方还保留当初的材料。木料都不甚粗大。有的地方还看得到当初的彩画遗迹,都很粗率。

新城没有多少看头,使人感慨兴亡,早生华发的是老城。

旧城的规模是不小的。城墙高一丈四,城周九里。这里有将军府,有兵营,有"废员"们的寓处,街巷市里,房屋栉比。也还有茶坊酒肆,有"却卖鲜鱼饲花鸭""铜盘炙得花猪好"的南北名厨。也有可供登临眺望、诗酒流连的去处。"城南有望河楼,面伊江,为一方之胜",城西有半亩宫,城北一片高大的松林。到了重阳,归家亭子的菊花开得正好,不妨开宴。惠远是个废员、谪宦、迁客的城市。"自巡抚以下至簿尉,亦无官不具,又可知伊犁迁客之多矣。"从上引洪亮吉的诗文,可以看到这些迁客下放到这里,倒是颇不寂寞的。

伊犁河那年发的那场大水,是很大的。大水把整个城全扫掉了。惠远城的城基是很高的,但是城西大部分已经塌陷,变成和伊犁河岸一般平的草滩了。草滩上的草很好,碧绿的,有牛羊在随意啃啮。城西北的城基犹在,人们常常可以在废墟中捡到陶瓷碎片,辨认花纹字迹。

城的东半部的遗址还在。城里的市街都已犁为耕地,种了庄稼。东北城墙,犹余半壁。城墙虽是土筑的,但很结实,厚约三尺。稍远,右侧,有一土墩,是鼓楼残迹,那应该是城的中心。林则徐就住在附近。

据记载:"鼓楼前方第二巷,又名宽巷,是林的住处。"我不禁向那个地方多看了几眼。林公则徐,您就是住在那里的呀?

伊犁一带关于林则徐的传说很多。有的不一定可靠。比如现在还在使用的惠远渠,又名皇渠,传说是林所修筑,有人就认为这不可信:林则徐在伊犁只有两年,这样一条大渠,按当时的条件,两年是修不起来的。但是林则徐之致力新疆水利,是不能否定的(林则徐分发在粮饷处,工作很清闲,每月只需到职一次,本不管水利)。林有诗云:"要荒天遣作箕子,此说足壮羁臣羁。"看来他虽在迁谪之中,还是壮怀激烈,毫不颓唐的。他还是想有所作为,为百姓做一点好事,并不像许多废员,整天只是"种树养花,读书静坐"(洪亮吉语)。林则徐离开伊犁时有诗云:"格登山色伊江水,回首依依勒马看。"他对伊犁是有感情的。

惠远城东的一个村边,有四棵大青枫树。传说是林则徐手植的。这大概也是附会。林则徐为什么会跑到这样一个村边来种四棵树呢?不过,人们愿意相信,就让他相信吧。

这样一个人,是值得大家怀念的。

据洪亮吉《客话》云:"废员例当佩长刀,穿普通士兵的制服——短后衣。"林则徐在伊犁的那段时日，亦当如此。

伊犁河南岸是察布查尔。这是一个锡伯自治县。锡伯人善射，乾隆年间，为了戍边，把他们由东北的呼伦贝尔迁调来此。来的时候，戍卒一千人，连同家属和愿意一同跟上来的亲友，共五千人，路上走了一年多——原定三年，提前赶到了。朝廷发下的差旅银子是一总包给领队人的，提前到，领队可以白得若干。一路上，这支队伍生下了三百个孩子！

这是一支多么壮观的、富于浪漫主义色彩、充满人情气味的队伍啊。五千人，一个民族，男男女女，锅碗瓢盆，全部家当，骑着马，骑着骆驼，乘着马车、牛车，浩浩荡荡，迤迤逦逦，告别东北的大草原，朝着西北大戈壁出发了。落日，朝雾，启明星，北斗星。搭帐篷，饮牲口，宿营。火光，炊烟，茯茶，奶子。歌声，谈笑声，哪一个帐篷或车篷里传出一声啼哭，"呱——"又一个孩子出生了，一个小锡伯人，一个未来的武士。

一年多。

三百个孩子。

锡伯人是骄傲的。他们在这里驻防二百多年，没有后退过一步。没有一个人跑过边界，也没有一个人逃回东北，他们在这片土地上深深地扎下了根。

锡伯族到现在还是善射的民族。他们的选手还时常在各地举行的射箭比赛中夺标。

锡伯人是很聪明的，他们一般都会说几种语言，除了锡伯语，还会说维吾尔语、哈萨克语、汉语。他们不少人还能认古满文。在故宫翻译、整理满文老档案的，有几个是从察布查尔调去的。

英雄的民族！

雨晴，自伊犁往尼勒克车中望乌孙山：

一痕界破地天间，
浅绛依稀暗暗蓝。
夹道白杨无尽绿，
殷红数点女郎衫。

尼勒克

站在尼勒克街上，好像一步可登乌孙山。乌孙故国在伊犁河上游特克斯流域，尼勒克或当是其辖境。细君公主、解忧公主远嫁乌孙，不知有没有到过这里。汉代女外交家冯嫽夫人是个活跃人物，她的锦车可能是从这里走过的。

尼勒克地方很小，但是境内现有十三个民族。新疆的十三个民族，这里全有。喀什河从城外流过，水清如碧玉，流甚急。

唐巴拉牧场

唐巴拉牧场

在乌鲁木齐、在伊犁,接待我们的同志,都劝我们到唐巴拉牧场去看看,说是唐巴拉很美。

唐巴拉果然很美,但是美在哪里,又说不出。勉强要说,只好说:这儿的草真好!

喀什河经过唐巴拉,流着一河碧玉。唐巴拉多雨。由尼勒克往唐巴拉,汽车一天到不了,在卡提布拉克种蜂场住了一夜。那一夜就下了一夜大雨。

有河，雨水足，所以草好。这是一个绿色的王国，所有的山头都是碧绿的。绿山上，这里那里，有小牛在慢悠悠地吃草。唐巴拉是高山牧场，牲口都散放在山上，任由它自己漫山跑，放牧人不用管它，只要隔两三天骑着马去看看，不像内蒙古，牲口放在平坦的草原上，真绿，空气真新鲜，真安静——一点声音都没有。

我们来晚了。早一个多月来，这里到处是花。种蜂场设在这里，就是因为这里花多。这里的花很多是药材，党参、贝母……蜜蜂场出的蜂蜜能治气管炎。

有的山是杉山。山很高，满山长了密匝匝的云杉。云杉极高大。这里的云杉据说已经砍伐了三分之二，现在看起来还很多。招待我们的一个哈萨克牧民告诉我们："林业局有规定，四百年以上的，可以砍；四百年以下的，不许砍。"云杉长得很慢。他用手指比了比碗口粗细："一百年，才这个样子！"

到牧场，总要喝喝马奶子，吃吃手抓羊肉。

马奶子微酸，有点像格瓦斯，我在内蒙古喝过，不难喝，但也不觉得怎么好喝。哈萨克人可是非常爱喝。他们一到夏天，就高兴了：可以喝"白的"了。大概他们冬天只能喝砖茶，是黑的。马奶子要夏天才有，要等母马下了驹子，冬天没有。一个才会走路的男娃子，老是哭闹。给他糖，给他苹果，都不要,摔了。他妈给他倒了半碗马奶子,他吧呷吧呷地喝起来,安静了。

招待我们的哈萨克牧人的孩子把一群羊赶下山了。我们看到两个男人把羊一只一只周身揣过,特别用力地揣它的屁股蛋子。我们明白,这是揣羊的肥瘦(羊一定不明白,主人这样揣它是干什么),揣了一只,拍它一下,放掉了;又重捉过来一只,反复地揣。看得出,他们为我们选了一只最肥的羊羔。

哈萨克牧人吃羊肉和内蒙古的不同,内蒙古是各人攥了一大块肉,自己用刀子割了吃。哈萨克牧人是一个大瓷盘子,下面衬着煮烂的面条,上面覆盖着羊肉,主人用刀把肉割成碎块,大家连肉带面抓起来,送进嘴里。

好吃吗?

好吃!

吃肉之前,由一个孩子提了一壶水,注水遍请客人洗手,这风俗近似阿拉伯、土耳其。

"唐巴拉"是什么意思呢?哈萨克主人说:"听老人说,这是蒙古话。"从前山下有一片大树林子,蒙古人每年来收购牲畜,在树上烙了好些印子(印子本是烙牲口的),作为做买卖的标志。唐巴拉是印子的意思。他说:"也说不准。"

赛里木湖·果子沟

乌鲁木齐人交口称道赛里木湖、果子沟。他们说赛里木湖水很蓝;果子沟要是春天去,满山都是野苹果花。我们从乌鲁木齐往伊犁,一路上就期待着看看这两个地方。

车出芦草沟,迎面的天色沉了下来,前面已经在下雨。到赛里木湖,雨下得正大。

赛里木湖的水不是蓝的呀。我们看到的湖水是铁灰色的。风雨交加,湖里浪很大。灰黑色的巨浪,一浪接着一浪,扑面涌来,撞碎在岸边,溅起白沫。这不像是湖,像是海。荒凉的、没有人迹的、冷酷的海。没有船,没有飞鸟。赛里木湖使人觉得很神秘,甚至恐怖。赛里木湖是超人性的。它没有人的气息。

湖边很冷,不可久留。

林则徐一八四二年(距今整一百四十年)十一月五日,曾过赛里木湖。林则徐日记云:"土人云:海中有神物如青羊,不可见,见则雨雹。其水亦不可饮,饮则手足疲软,谅是雪水性寒故耳。"林则徐是了解赛里木湖的性格的。

到伊犁,和伊犁的同志谈起我们见到的赛里木湖,他们都有些惊讶,说:"真还很少有人在大风雨中过赛里木湖。"

赛里木湖正南,即果子沟。车到果子沟,雨停了。我们来得不是时候,没有看到满山密雪一样的林檎的繁花,但是果子沟给我留下一个非常美的印象。

吉普车在山顶的公路上慢行着,公路一侧的下面是重重复复的山头和深浅不一的山谷。山和谷都是绿的,但绿得不一样。浅黄的、浅绿的、深绿的。每一个山头和山谷多是一种绿法。大抵越是低处,颜色越浅;越往上,越深。新雨初晴,日色斜照,细草丰茸,光泽柔和,在深深浅浅的绿山绿谷中,星星点点地散牧着白羊、黄犊、枣红的马,十分悠闲安静。迎面陡峭的高山上,密密地矗立着高大的云杉。一缕一缕白云从黑色的云杉间飞出。这是一个仙境。我到过很多地方,从来没有觉得什么地方是仙境。到了这儿,我蓦然想起这两个字。我觉得这里该出现一个小小的仙女,穿着雪白的纱衣,披散着头发,手里拿一根细长的牧羊杖,赤着脚,唱着歌,歌声悠远,回绕在山谷之间……

从伊犁返回乌鲁木齐,重过果子沟。果子沟不是来时那样了。草、树、山,都有点发干,没有了那点灵气。我不复再觉得这是一个仙境了。旅游,也要碰运气。我们在大风雨中过赛里木,雨后看果子沟,皆可遇而不可求。

汽车转过一个山头,一车的人都叫了起来:"哈!"赛里木湖,真蓝!

好像赛里木湖故意设置了一个山头，挡住人的视线。绕过这个山头，它就像从天上掉下来的似的，突然出现了。

真蓝！下车待了一会儿，我心里一直惊呼着：真蓝！

我见过不少蓝色的水。"春水碧于蓝"的西湖、"比似春莼碧不殊"的嘉陵江，还有最近看过的博格达雪山下的天池，都不似赛里木湖这样的蓝。蓝得奇怪，蓝得不近情理。蓝得就像绘画颜料里的普鲁士蓝，而且是没有化开的。湖面无风，水纹细如鱼鳞。天容云影，倒映其中，发宝石光。湖色略有深浅，然而一望皆蓝。

上了车，车沿湖岸走了二十分钟，我心里一直重复着这一句：真蓝。远看，像一湖纯蓝墨水。

赛里木湖究竟美不美？我简直说不上来。我只是觉得：真蓝。我顾不上有别的感觉。只有一个感觉——蓝。

为什么会这样蓝？有人说是因为水太深。据说赛里木湖水深九十米。赛里木湖海拔两千〇七十三米，水深九十米，真是不可思议。

"赛里木"是突厥语，意思是祝福、平安。突厥的旅人到了这里，都要对着湖水说一声：

"赛里木！"

为什么要说一声"赛里木",是出于欣喜,还是出于敬畏?

赛里木湖是神秘的。

苏公塔

苏公塔在吐鲁番。吐鲁番地远,外省人很少到过,故不为人所知。苏公塔,塔也,但不是平常的塔。苏公塔是伊斯兰教的塔,不是佛塔。

据说,像苏公塔这样的结构的塔,中国共有两座,另一座在南京。

塔不分层。看不到石基木料。塔心是一砖砌的中心支柱。支柱周围有盘道,逐级盘旋而上,直至塔顶。外壳是一个巨大的圆柱,下丰上锐,拱顶。这个大圆柱是砖砌的,用结实的方砖砌出凹凸不同的中亚风格的几何图案,没有任何增饰。砖是青砖,外面涂了一层黄土,呈浅土黄色。这种黄土,本地所产,取之不尽。土质细腻,无杂质,富黏性。吐鲁番不下雨,塔上涂刷的土浆没有被冲刷的痕迹。二百余年,完好如新。塔高约相当于十层楼,朴素而不简陋,精巧而不烦琐。这样一个浅土黄色的、滚圆的巨柱,拔地而起,直向天空,安静肃穆,准确地表达了穆斯林的虔诚和信念。

塔旁为一礼拜寺,颇宏伟,大厅可容千人,但外表极朴素,土筑、平顶。这座礼拜寺的构思是费过斟酌的。不敢高,不与塔争势;不欲过卑,因为这是做礼拜的场所。整个建筑全由平行线和垂直线构成,无弧线,无波纹起伏,亦呈浅土黄色。

圆柱形的苏公塔和方正的礼拜寺造成极为鲜明的对比,而又非常协调。苏公塔追求的是单纯。

令人钦佩的是造塔的匠师把蓝天也设计了进去。单纯的,对比着而又协调着的浅土黄色的建筑,后面是吐鲁番盆地特有的明净无滓湛蓝湛蓝的天空,真是太美了。没有蓝天,衬不出这种浅土黄色是多么美。一个有头脑的、聪明的匠师!

苏公塔亦称额敏塔。造塔的由来有两种说法。塔的进口处有一块碑,一半是汉字,一半是维吾尔文。汉字说塔是额敏造的。额敏和硕,因助清高宗平定准噶尔有功,受封为郡王。碑文有感念清朝皇帝的意思,碑首冠以"大清乾隆",自称"皇帝旧仆"。维吾尔文则说这是额敏的长子苏来满造,为了向安拉祈福。不知道为什么会有这样两种不同的说法。由来不同,塔名亦异。

昆明的雨

昆明的雨

　　宁坤要我给他画一张画,要有昆明的特点。我想了一些时候,画了一幅:右上角画了一片倒挂着的浓绿的仙人掌,末端开出一朵金黄色的花;左下画了几朵青头菌和牛肝菌。题了这样几行字:

昆明人家常于门头挂仙人掌以辟邪，仙人掌悬空倒挂，尚能存活开花。于此可见仙人掌生命之顽强，亦可见昆明雨季空气之湿润。雨季则有青头菌、牛肝菌，味极鲜腴。

我想念昆明的雨。

我以前不知道有所谓的雨季。"雨季"，是到昆明以后才有了具体感受的。

我不记得昆明的雨季有多长，从几月到几月，好像是相当长的。但是并不使人厌烦。因为是下下停停、停停下下，不是连绵不断，下起来没完。而且并不使人气闷。我觉得昆明的雨季气压不低，人很舒服。

昆明的雨季是明亮的、丰满的，使人动情的。城春草木深，孟夏草木长。昆明的雨季，是浓绿的。草木的枝叶里的水分都到了饱和状态，显示出过分的、近于夸张的旺盛。

我的那张画是写实的。我确实亲眼看见过倒挂着还能开花的仙人掌。旧日昆明人家门头上用以辟邪的多是这样一些东西：一面小镜子，周围画着八卦，下面便是一片仙人掌——在仙人掌上扎一个洞，用麻线穿了，挂在钉子上。昆明仙人掌多，且极肥大。有些人家在菜园的周围种了一圈仙人掌以代替篱笆——种了仙人掌，猪羊便不敢进园吃菜了。仙人掌有刺，猪和羊怕扎。

昆明菌子极多。雨季逛菜市场,随时可以看到各种菌子。最多,也最便宜的是牛肝菌。牛肝菌下来的时候,家家饭馆卖炒牛肝菌,连西南联大食堂的桌子上都可以有一碗。牛肝菌色如牛肝,滑,嫩,鲜,香,很好吃。炒牛肝菌须多放蒜,否则容易使人晕倒。青头菌比牛肝菌略贵。这种菌子炒熟了也还是浅绿色的,格调比牛肝菌高。菌中之王是鸡㙡,味道鲜浓,无可方比。鸡㙡是名贵的山珍,但并不真的贵得惊人。一盘红烧鸡㙡的价钱和一碗黄焖鸡不相上下,因为这东西在云南并不难得。有一个笑话:有人从昆明坐火车到呈贡,在车上看到地上有一棵鸡㙡,他跳下去把鸡㙡捡了,紧赶两步,还能爬上火车。这笑话用意在说明从昆明到呈贡的火车之慢,但也说明鸡㙡随处可见。有一种菌子,中吃不中看,叫作干巴菌。乍一看那样子,真叫人怀疑:这种东西也能吃?!颜色深褐带绿,有点像一堆半干的牛粪或一个被踩破了的马蜂窝。里头还有许多草茎、松毛,乱七八糟!可是下点功夫,把草茎松毛择净,撕成蟹腿肉粗细的丝,和青辣椒同炒,入口便会使你张目结舌:这东西这么好吃?!还有一种菌子,中看不中吃,叫鸡油菌。都是一般大小,有一块银圆那样大,滴溜儿圆,颜色浅黄,恰似鸡油一样。这种菌子只能做菜时配色用,没什么味道。

雨季的果子,是杨梅。卖杨梅的都是苗族女孩子,戴一顶小花帽子,穿着扳尖的绣了满帮花的鞋,坐在人家阶石的一角,不时吆喝一声:"卖杨梅——"声音娇娇的。她们的声音使得昆明雨季的空气更加柔和了。昆明的杨梅很大,有一个乒乓球那样大,颜色黑红黑红的,叫作火炭梅。这个名字起得真好,真是像一球烧得炽红的火炭!一点都不酸!我吃过苏州洞庭山的杨梅、井冈山的杨梅,好像都比不上昆明的火炭梅。

雨季的花是缅桂花。缅桂花即白兰花,北京叫作把儿兰(这个名字真不好听)。云南把这种花叫作缅桂花,可能最初这种花是从缅甸传入的,而花的香味又有点像桂花,其实这跟桂花实在没有什么关系。——不过话又说回来,别处叫它白兰、把儿兰,它和兰花也挨不上呀,也不过是因为它很香,香得像兰花。我在家乡看到的白兰多是一人高,昆明的缅桂是大树!我在若园巷二号住过,院里有一棵大缅桂,密密的叶子,把四周房间都映绿了。缅桂盛开的时候,房东(是一个五十多岁的寡妇)和她的一个养女,搭了梯子上去摘,每天要摘下来好些,拿到花市上去卖。她大概是怕房客们乱摘她的花,时常给各家送去一些。有时送来一个七寸盘子,里面摆得满满的缅桂花!带着雨珠的缅桂花使我的心软软的,不是怀人,不是思乡。

雨,有时是会引起人一点淡淡的乡愁的。李商隐的《夜雨寄北》是为许多久客的游子而写的。我有一天在积雨少住的早晨和德熙从联大新校舍到莲花池去。看了池里的满池清水,看了着丘尼装的陈圆圆的石像(传说陈圆圆随吴三桂到云南后出家,暮年投莲花池而死),雨又下起来了。莲花池边有一条小街,有一个小酒店,我们走进去,要了一碟猪头肉、半斤市酒(装在上了绿釉的土瓷杯里),坐了下来。雨下大了。酒店有几只鸡,都把脑袋反插在翅膀下面,一只脚着地,一动也不动地在檐下站着。酒店院子里有一架大木香花。昆明木香花很多。有的小河沿岸都是木香。但是这样大的木香却不多见。一棵木香,爬在架上,把院子遮得严严的。密匝匝的细碎绿叶,数不清的半开的白花和饱涨的花骨朵,都被雨水淋得湿透了。

我们走不了,就这样一直坐到午后。四十年后,我还忘不了那天的情味,写了一首诗:

莲花池外少行人,
野店苔痕一寸深。
浊酒一杯天过午,
木香花湿雨沉沉。

我想念昆明的雨。

七里茶坊

七里茶坊

我在七里茶坊住过几天。

我很喜欢七里茶坊这个地名。这地方在张家口东南七里。当初想必是有一些茶坊的。中国的许多计里的地名,大都是行路人给取的。如三里河、二里沟、三十里铺。七里茶坊大概也是这样。远来的行人到了这里,说:"快到了,还有七里,到茶坊里喝一口茶再走。"送客上路的,到了这里,客人就说:"已经送出七里了,请回吧!"主客到茶坊又喝了一壶茶,说了些话,出门一揖,就此分别了。七里茶坊一定萦系过很多人的感情。不过现在却并无一家茶坊。我去找了找,连遗址也无人知道。"茶坊"是古语,在《清明上河图》《东京梦华录》

《水浒传》里还能见到。现在一般都叫"茶馆"了。可见,这地名的由来已久。

这是一个我国北方的普通的市镇。有一个供销社,货架上空空的,只有几包火柴、一堆柿饼。两只乌金釉的酒坛子擦得很亮,放在旁边的酒提子却是干的。柜台上放着一盆麦麸子做的大酱。有一个理发店,两张椅子,没有理发的,理发员坐着打瞌睡。一个新华书店,只有几套毛选和一些小册子。路口矗立着一面黑板,写着鼓动冬季积肥的快板,文后署名"文化馆宣",说明这里还有个文化馆。快板里写道:"天寒地冻百不咋[1],心里装着全天下。"轰轰烈烈的"大跃进"已经过去,这种豪言壮语已经失去热力。前两天下过一场小雨,雨点在黑板上抽打出一条一条斜道。路很宽,是土路。两旁的住户人家,也都是土墙土顶(这地方风雪大,房顶多是平的)。连路边的树也都带着黄土的颜色。冬天,这个长城以外的土色市镇,使人产生悲凉的感觉。

除了店铺人家,这里有几家车马大店。我就住在一家车马大店里。

我头一回住这种车马大店。这种店是一看就看出来的,街门都特别宽大,成天敞开着,为的好进出车马。进门是一个很宽大的空院子。院里停着几辆大车,车辕向上,斜立着,像几尊高射炮。靠院墙是一个长长的马槽,几匹马面墙拴在槽头吃料,不停地甩着尾巴。院里照例喂着十多只鸡。因

---

[1] "百不咋"是无所谓,没关系的意思。

为地上有撒落的黑豆、高粱，草里有稗子，这些母鸡都长得极肥大。有两间房，是住人的。都是大炕，想住单间，可没有。谁又会上车马大店里来住一个单间呢？"碗大炕热"，就成了这类大店招徕顾客的口碑。

我是怎么住到这种大店里来的呢？

我在一个农业科学研究所下放劳动，已经两年了。有一天生产队队长找我，说要派几个人到张家口去掏公共厕所，让我领着他们去。为什么找到我呢？说是以前去了两拨人，都闹了意见回来了。我是个下放干部，在工人中还有一点威信，可以管得住他们，云云。究竟为什么，我一直也不太明白。但是我欣然接受了这个任务。

我打好行李，挎包里除了洗漱用具，带了一支大号的3B烟斗，一袋掺了一半榆树叶的烟草，两本四部丛刊本《分类集注杜工部诗》，坐上单套马车，就出发了。

我带去的三个人，一个老刘、一个小王，还有一个老乔，连我四个。

我拿了介绍信去找市公共卫生局的一位"负责同志"。他住在一个粪场里。一进门，就闻到一股奇特的酸味。我交了介绍信，这位同志问我：

"你带来的人，咋样？"

"咋样？"

"他们,啊,啊,啊……"

他"啊"了半天,还是找不到合适的词句。这位"负责同志"大概不大认识字。他的意思我其实很明白,他是问他们政治上可靠不可靠。他怕万一我带来的人会在公共厕所的粪池子里放一颗定时炸弹。虽然他也知道这种可能性极小,但还是问一问好。可是他词不达意,说不出这种报纸语言。最后还是用一句不很切题的老百姓话说:

"他们的人性咋样?"

"人性挺好!"

"那好。"

他很放心了,把介绍信夹到一个卷宗里,给我指定了桥东区的几个公厕。事情办完,他送我出"办公室",顺便带我参观了一下这座粪场。一边堆着好几垛晒好的粪干,平地上还晒着许多薄饼一样的粪片。

"这都是好粪,不掺假。"

"粪还掺假?"

"掺!"

"掺什么?土?"

"哪能掺土!"

"掺什么?"

"酱渣子。"

"酱渣子?"

"酱渣子,味道、颜色跟大粪一个样,也是酸的。"

"粪是酸的?"

"发了酵。"

我于是猛吸了一口气,品味着货真价实、毫不掺假的粪干的独特的、不能代替的、余韵悠长的酸味。

据老乔告诉我,这位"负责同志"原来包掏公私粪便,手下用了很多人,是一个小财主。后来成了卫生局的工作人员,成了"公家人",管理公厕。他现在经营的两个粪场,还是很来钱的。这人紫膛脸,阔嘴岔,方下巴,眼睛很亮,虽然没有文化,但是看起来很精干。他虽不大长于说"字儿话",但是当初在指挥粪工、洽谈生意时,所用语言一定是很清楚畅达,很有力量的。

掏公共厕所,实际上不是掏,而是凿。天这么冷,粪池里的粪都冻得实实的,得用冰镩凿开,破成一二尺见方大小不等的冰块,用铁锹起出来,装在单套车上,运到七里茶坊,堆积在街外的空场上。池底总有些没有冻实的稀粪,就刮出来,倒在事先铺好的干土里,像和泥似的和好。一夜工夫,就冻实了。第二天,运走。隔三四天,所里车得空,就派一辆三套大车把积存的粪冰运回所里。

生 活，是 很 有 趣 的

看车把式装车,真有个看头。那么沉的、滑滑溜溜的冰块,照样装得整整齐齐、严严实实,拿绊绳一煞,纹丝不动。走个百八十里,不兴掉下一块。这才真叫"把式"!

"叭——"的一鞭,三套大车走了。我心里是高兴的。我们给所里做了一点事了。我不说我思想改造得如何好,对粪便产生了多深的感情,但是我知道这东西很金贵。我并没有做多少事,只是在地面上挖一点干土,和粪。为了照顾我,不让我下池子凿冰。老乔呢,说好了他是来玩的,只是招招架架、跑跑颠颠。活儿,主要是老刘和小王干的。老刘是个使冰镩的行家,小王有的是力气。

这活儿脏一点,倒不累,还挺自由。

我们住在骡马大店的东房,——正房是掌柜的一家人自己住的。南北相对,各有一铺能睡七八个人的炕,——挤一点,十个人也睡下了。快到春节了,没有别的客人,我们四个人占据了靠北的一张炕,很宽敞。老乔岁数大,睡炕头。小王火力壮,把门靠边。我和老刘睡中间。我那位置很好,靠近电灯,可以看书。两铺炕中间,是一口锅灶。

天一亮,年轻的掌柜就推门进来,点火添水,为我们做饭——推莜面窝窝。我们带来一口袋莜面,顿顿饭吃莜面,而且都是推窝窝。莜面吃完了,三套大车又会给我们捎来的。小王跳到地下帮掌柜的拉风箱,我们仨就拥着被窝

四处去经历篇

坐着,欣赏他推窝窝的手艺。这么冷的天,一大清早就让他从内掌柜的热被窝里爬出来为我们做饭,我心里实在有些歉然。不大一会儿,莜面蒸上了,屋里弥漫着白蒙蒙的蒸汽,很暖和,叫人懒洋洋的。可是热腾腾的窝窝已经端到炕上了。刚出屉的莜面,真香!用蒸莜面的水,洗洗脸,我们就蘸着麦麸子做的大酱吃起来。没有油,没有醋,尤其是没有辣椒!可是你得相信我说的是真话:我一辈子很少吃过这么好吃的东西。那是什么时候呀?——一九六〇年!

我们出工比较晚。天太冷。而且得让过人家上厕所的高潮。八点多了,才赶着单套车到市里去,中午不回来。有时由我掏钱请客,去买一包"高价点心",找个背风的角落,蹲下来,各人抓了几块嚼一气。老乔、我、小王拿一副老掉了牙的扑克牌接龙、蹩七。老刘在呼呼的风声里居然能把脑袋缩在老羊皮袄里睡一觉,还挺香!下午接着干。四点钟装车,五点多就回到七里茶坊。

一进门,掌柜的已经拉动风箱,往灶火里添着块煤,为我们做晚饭了。

吃了晚饭,各人干各人的事。老乔看他的《啼笑因缘》。他这本《啼笑因缘》是个古本了,封面封底都没有了,书角都打了卷,当中还有不少缺页。可是他还是戴着老花镜津津有味地看,而且老看不完。小王写信,或是躺着想心事。老刘盘着腿一声不响地坐着。他这样一声不响地坐着,能够坐半天。在所里我就见过他到生产队请一天假,哪儿也不去,什么也不干,就是坐着。我发现不止一个人有这个习惯。一年到头的劳累,坐一天是很大的享受,也是他们迫切的需要。人,有时需要休息。他们不叫休息,就叫"坐一天"。他们去请假的理由,也是"我要坐一天"。我国的农民,对于生活的要求真是太低了。我,就靠在被窝上读杜诗。杜诗读完,就压在枕头底下。这铺炕,炕沿的缝隙跑烟,把我的《杜工部诗》的一册的封面熏成了褐黄色,留下一个难忘的、美好的纪念。

有时,就有一句没一句,东拉西扯地瞎聊天。吃着柿饼子,喝着蒸锅水,抽着掺了榆树叶子的烟。这烟是农民用包袱包着私卖的,颜色是灰绿的,劲头很不足,抽烟的人叫它"半口烟"。榆树叶子点着了,发出一种焦煳的,然而分明地辨得出是榆树的气味。这种气味使我多少年后还难于忘却。

小王和老刘都是"合同工",是所里和公社订了合同,招来的。他们都是柴沟堡的人。

老刘是个老长工,老光棍。他在张家口专区几个县都打过长工,年轻时年年到坝上割莜麦。因为打了多年长工,庄稼活儿他样样精通。他有过老婆,跑了,因为他养不活她。从此他就不再找女人,对女人很有成见,认为女人是个累赘。他就这样背着一卷行李—— 一块毡子、一床"盖窝"(被)、一个方顶的枕头,到处漂流。看他捆行李的利索劲儿和背行李的姿势,就知道是一个常年出门在外的老长工。他真是自由自在,也不置什么衣服,有两个钱全喝了。

他不大爱说话,但有时也能说一气,在他高兴的时候,或者不高兴的时候。这两年他常发牢骚,原因之一,是喝不到酒。他老是说:"这是咋搞的?咋搞的?""过去,七里茶坊,啥都有:驴肉、猪头肉、炖牛蹄子、茶鸡蛋……卖一黑夜。酒!现在!咋搞的!咋搞的!""'楼上楼下,电灯电话'!做梦娶媳妇,净慕好事!多会儿?"

小王也有些不平之气。他是念过高小的。他给自己编了一口顺口溜:"高小毕业生,白费六年工。想去当教员,学生管我叫老兄。想去当会计,珠算又不通!"他现在一个月挣二十九块六毛四,要交社里一部分,刨去吃饭,所剩无几。他才二十五岁,对老刘那样自由自在的生活并不羡慕。

老乔,所里多数人称之为乔师傅。这是个走南闯北,见多识广,老于世故的工人。他是怀来人。年轻时在天津学修理汽车。抗日战争时跑到大后方,在资源委员会的运输队当了司机,跑仰光、腊戌。抗战胜利后,他回张家口开车,经常跑坝上各县。后来岁数大了,五十多了,血压高,不想再跑长途,他和农科所的所长是亲戚,所里新调来一辆拖拉机,他就来开拖拉机,顺便修修农业机械。他工资高,没负担。农科所附近一个小镇上有一家饭馆,他是常客。什么贵菜、新鲜菜,饭馆都给他留着。他血压高,还是爱喝酒。饭馆外面有一棵大槐树,夏天一地浓荫。他到休息日,喝了酒,就睡在树荫里。树荫在东,他睡在东面;树荫在西,他睡在西面,围着大树睡一圈!这是前两年的事了。现在,他也很少喝了。因为那个饭馆的酒提潮湿的时候也很少了。他在昆明住过,我也在昆明待过七八年,因此他老愿意找我聊天,抽着榆叶烟在一起怀旧。他是个技工,掏粪不是他的事,但是他自愿报了名。冬天,没什么事,他要来玩两天。来就来吧。

这天,我们收工特别早,下了大雪,好大的雪啊!

这样的天,凡是爱喝酒的都应该喝两盅,可是上哪儿找酒去呢?

吃了莜面,看了一会儿书,坐了一会儿,想了一会儿心事,照例聊天。

像往常一样,总是老乔开头。因为想喝酒,他就谈起云南的酒。市酒、玫瑰重升、开远的杂果酒、杨林肥酒……

"肥酒?酒还有肥瘦?"老刘问。

"蒸酒的时候,上面吊着一大块肥肉,肥油一滴一滴地滴在酒里。这酒是碧绿的。"

"像你们怀来的青梅煮酒?"

"不像。那是烧酒,不是甜酒。"

过了一会儿,又说:"有点像……"

接着,又谈起昆明的吃食。这老乔的记性真好,他可以从华山南路、正义路,一直到金碧路,数出一家一家大小饭馆,又岔到护国路和甬道街,哪一家有什么名菜,说得非常详细。他说到金钱片腿、牛干巴、锅贴乌鱼、过桥米线……

"一碗鸡汤,上面一层油,看起来连热气都没有,可是超过一百度。一盘仔鸡片、腰片、肉片,都是生的。往鸡汤里一推,就熟了。"

"那就能熟了?"

"熟了!"

他又谈起气锅鸡。描写了气锅是什么样子,锅里不放水,全凭蒸汽把鸡蒸熟了,这鸡怎么嫩,汤怎么鲜……

老刘很注意地听着,可是怎么也想象不出气锅是啥样子,这道菜是啥滋味。

后来他又谈到昆明的菌子:牛肝菌、青头菌、鸡㙡[1],把鸡㙡夸赞了又夸赞。

"鸡㙡?有咱这儿的口蘑好吃吗?"

"各是各的味儿。"

"……"

老乔讲话的时候,小王一直似听不听,躺着,睁眼看着房顶。忽然,他问我:

---

[1] 鸡㙡是一种菌,长在白蚁窝上,味极腴美。

"老汪,你一个月挣多少钱?"

我下放的时候,曾经有人劝告过我,最好不要告诉农民自己的工资数目,但是我跟小王认识不止一天了,我不想骗他,便老实说了。小王没有说话,还是睁眼躺着。过了好一会儿,他看着房顶说:

"你也是一个人,我也是一个人,为什么你就挣那么多?"

他并没有要我回答,这问题也不好回答。

沉默了一会儿。

老刘说:"怨你爹没供你书[1]。人家老汪是大学毕业!"

老乔是个人情练达的人,他琢磨出小王为什么这两天老是发呆,为什么会提出这样的问题,说:

"小王,你收到一封什么信,拿出来我看看!"

前天三套大车来拉粪冰的时候,给小王捎来一封寄到所里的信。

事情原来是这样的:小王搞了一个对象。这对象搞得稍微有点离奇。小王有个表姐,嫁到邻村李家。李家有个姑娘,和小王年貌相当,也是高小毕业。这表姐就想给小姑子和表弟撮合撮合,写信来让小王寄张照片去。照片寄到了,李家姑娘看了,不满意。恰好李家姑娘的一个同学陈家姑娘来串

---

[1] "供书"是拿钱供学生读书的意思。

门,她看了照片,对小王的表姐说:"晓得人家要俺们不要?"表姐跟陈家姑娘要了一张照片,寄给小王,小王满意。后来表姐带了陈家姑娘到农科所来,两人当面相了一相,事情就算定了。农村的婚姻,往往就是这样简单,不像城里人有逛公园、轧马路、看电影、写情书这一套。

陈家姑娘的照片我们都见过,挺好看的,大眼睛,两条大辫子。

小王收到的信是表姐寄来的,催他办事。说人家姑娘一天一天大了,等不起。那意思是说,过了春节,再拖下去,恐怕就要吹。

小王发愁的是:春节他还办不成事!柴沟堡一带办喜事倒不尚铺张,但是一床里面三新的盖窝,一套花直贡呢的棉衣,一身灯芯绒裤袄、绒衣绒裤、皮鞋、球鞋、尼龙袜子……总是要有的。陈家姑娘没有额外提什么要求,只希望要一枚金星牌钢笔。这条件提得不俗,小王倒因此很喜欢。小王已经做了长期的储备,可是算来算去还差五六十块钱。

老乔看完信,说:

"就这个事吗?值得把你愁得直眉瞪眼的!叫老汪给你拿二十,我给你拿二十!"

老刘说:"我给你拿上十块!现在就给!"说着从红布肚兜里就摸出一张十元的新票子。

问题解决了,小王高兴了,活泼起来了。

于是接着瞎聊。

从云南的鸡㙡聊到内蒙古的口蘑,说到口蘑,老刘可是个专家。黑片蘑、白蘑、鸡腿子、青腿子……

"过了正蓝旗,捡口蘑都是赶了个驴车去。一天能捡一车!"

不知怎么又说到独石口。老刘说他走过的地方没有比独石口再冷的了,那是个风窝。

"独石口我住过,冷!"老乔说,"那年我们在独石口吃了一洞子羊。"

"一洞子羊?"小王很有兴趣了。

"风太大了,公路边有一个涵洞,去避一会儿风吧。一看,涵洞里白糊糊的,都是羊。不知道是谁的羊,大概是被风赶到这里的,挤在涵洞里,全冻死了。这倒好,这是个天然冷藏库!俺们想吃,就进去拖一只,吃了整整一个冬天!"

老刘说:"肥羊肉炖口蘑,那叫香!四家子的莜面,比白面还白。坝上是个好地方。"

话题转到了坝上。老乔、老刘轮流说,我和小王听着。

老乔说:"坝上地广人稀,只要收一季莜麦,吃不完。过去山东人到口外打把式卖艺,不收钱。散了场子,拿一个大海碗挨家要莜面,一给就是一海碗。"说坝上没果子。怀来人赶一个小驴车,装一车山里红到坝上,下来时驴车换成了三套大马车,车上满满地装的是莜面。坝上人都豪爽,大方。吃起肉来不是论斤,而是放开肚子吃饱。他说坝上人看见坝下人吃肉,一小碗,都奇怪:"这吃个什么劲儿呢?"他说,他们要是看见江苏人、广东人炒菜:几根油菜,两三片肉,就更会奇怪了。他还说坝上女人长得很好看。他说,都说水多的地方女人好看,坝上没水,为什么女人都长得白白净净?那么大的风沙,皮色都很好。他说他在崇礼县(今为河北省张家口市崇礼区)看过俩姐妹,长得像傅全香。

傅全香是谁,老刘、小王可都不知道。

老刘说:"坝上地大,风大,雪大,雹子也大。"他说有一年,沽源下了一场大雪,西门外的雪跟城墙一般高。也是沽源,有一年下了一场雹子,有一个雹子有马大。

"有马大?那掉在头上不砸死了?"小王不相信有这样大的雹子!

老刘还说,坝上人养鸡,没鸡窝。白天开了门,把鸡放出去。鸡到处吃草籽,到处下蛋。他们也不每天去捡。隔十天半月,挑了一副筐,到处捡蛋,捡满了算。他说坝上的山都是一个一个馒头样的平平的山包。山上没石头。有些山很奇怪,只长一样东西。有一个山叫韭菜山,满山都是韭菜;还有一座芍药山,夏天开了满满一山的芍药花……

老乔、老刘把坝上说得那样好，使小王和我都觉得这是个奇妙的、美丽的天地。

芍药山，满山开了芍药花，这是一种什么景象？

"咱们到韭菜山上掐两把韭菜，拿盐腌腌，明天蘸莜面吃吧。"小王说。

"见你的鬼！这会儿会有韭菜？满山大雪！——把钱收好了！"

聊天虽然有趣，终有意兴阑珊的时候。天已经很黑了，房顶上的雪一定已经堆了四五寸厚了，摊开被窝，我们该睡了。

正在这时，屋门开处，掌柜的领进三个人来。这三个人都反穿着白茬老羊皮袄，齐膝的毡疙瘩。为头是一个大高个儿，五十来岁，长方脸，戴一顶火红的狐皮帽。一个四十来岁，是个矮胖子，脸上有几颗很大的痘疤，戴一顶狗皮帽子。另一个是和小王岁数仿佛的后生，雪白的山羊头的帽子遮齐了眼睛，使他看起来像一个女孩子。——他脸色红润，眼睛太好看了！他们手里都拿着一根六道木二尺多长的短棍。虽然刚才在门外已经拍打了半天，帽子上、身上，还粘着不少雪花。

掌柜的说："给你们做饭？带着面了吗？"

"带着哩。"

后生解开老羊皮袄，取出一个面口袋。他把面口袋系在腰带上，怪不得他看起来身上鼓鼓囊囊的。

"推窝窝?"

高个儿把面口袋交给掌柜的:

"不吃莜面!一天吃莜面。你给俺们到老乡家换几个粑粑头吃[1]。多时不吃粑粑头,想吃个粑粑头。把火弄得旺旺的,烧点水,俺们喝一口。——没酒?"

"没。"

"没咸菜?"

"没。"

"那就甜吃!"[2]

老刘小声跟我说:"是坝上来的。坝上人管窝窝头叫粑粑头。是赶牲口的——赶牛的。你看他们拿的六道木的棍子。"随即,他和这三个坝上人搭嘴起来:"今天一早从张北动的身?"

"是。这天气!"

"就你们仨?"

"还有仨。"

---

[1] 他们说"粑粑头","粑粑"作入声。

[2] 张家口一带不说"淡",说"甜"。

"那仨呢?"

"在十多里外,两头牛掉进雪窟窿里了。他们仨在往上弄。俺们把其余的牛先送到食品公司屠宰场,到店里等他们。"

"这样天气,你们还往下送牛?"

"没法子。快过年了。过年,怎么也得叫坝下人吃上一口肉!"

不大一会儿,掌柜的搞了粑粑头来了,还弄了几个腌蔓菁来。他们把粑粑头放在火里烧了一会儿,水开了,把烧焦的粑粑头拍拍打打,就吃喝起来。

我们的酱碗里还有一点酱,老乔就给他们送过去。

"你们那里今年年景咋样?"

"好!"高个儿回答得斩钉截铁。显然这是反话,因为痘疤脸和后生都扑哧一声笑了。

"他们仨咋还不来?去看看。"

高个儿说着把解开的老羊皮袄又系紧了。

痘疤脸说:"我们俩去。你啦[1] 就甭去了。"

"去!"

他们和掌柜的借了两根木杠,把我们车上的缆绳也借去了,拉开门,就走了。

---

[1] "你啦"是第二人称的尊称,相当于北京话的"您",大概是"你老人家"的切音。

听见后生在门外大声说:"雪更大了!"

老刘起来解手,把地下三根六道木的棍子归在一起,上了炕,说:"他们真辛苦!"

过了一会儿,又自言自语地说:"咱们也很辛苦。"

老乔一面钻进被窝,一面说:"中国人都很辛苦啊!"

小王已经睡着了。

"过年,怎么也得叫坝下人吃上一口肉!"我老是想着高个儿的这句话,心里很感动,很久未能入睡。这是一句朴素、美丽的话。

半夜,朦朦胧胧地听到几个人轻手轻脚走进来,我睁开眼,问:"牛弄上来了?"高个儿轻轻地说:"弄上来了。把你吵醒了!睡吧!"

他们睡在对面的炕上。

第二天,我们起得很晚。醒来时,这六个赶牛的坝上人已经走了。

初访福建

水仙花

漳 州

漳州多三角梅。我们所住的漳州宾馆内到处都是。栽在路边大石盆里,种在花圃里。三角梅别处也有。云南谓之叶子花,因为花与叶形状无殊,只是颜色不同。昆明全种在墙头。楚雄叶子花有一层楼那样高,鲜丽夺目,但只有紫色的一种。漳州三角梅则有很多种颜色,除了紫的,有大红的、桃红的、浅红的,还有紫铜色的。紫铜色的花我还没有见过。有白色的,微带浅绿。三角梅花形不大好看,但是蓬勃旺盛,热热闹闹。这种花好像是不凋谢的。我没有看到枝头有枯败的花,地下也没有落瓣。

到处都是卖水仙花的。店铺中装在纸箱里成箱出售,标明二十粒、三十粒,谓一箱装二十头、三十头也。二十粒者是上品。胜利路、延安北路人行道上摆了一溜水仙花头,装在花篮状的竹篓里。卖水仙的多是小姑娘。天很晚了,她们提着空篓,有的篓里还有几个没有卖掉的花头,结伴归去。她们一天能卖多少钱?

一个修钟表的小店当门的桌边放了两小盆水仙。修表的是一个年轻人。两盆水仙开得很好,已经冒出好几个花骨朵。修表的桌边放两盆水仙,很合适。

参观漳州八宝印泥厂。印泥是朱砂和蓖麻油调制的(加了少量金箔、珠粉、冰片),而其底料则为艾绒。漳州出艾绒。浙江、上海等地的印泥厂每年都要到漳州采买艾绒。漳州出印泥,与出艾绒有关。印泥厂备好纸墨,请写字留念。纸很好,六尺夹宣。写了几句顺口溜:"天外霞,石榴花,古艳流千载,清芬入万家。"漳州八宝印泥颜色很正,很像石榴花。

凡到漳州者总要去看看百花村,因为很近便。百花村所培植的主要是榕树盆景。榕树是不才之材,不能做梁柱、打家具,烧火也不燃,却是制作盆景的极好材料。榕树盆景较大,不能置之客厅书室,但是公园、宾馆、大会堂、大餐厅,则只有这样大的盆景才相称,因此行销各地,"创汇"颇多。

榕树盆景并不是栽到盆子里就算完事,须经相材、取势、锯截、修整,方能欹侧横斜,偃仰夭矫,这也是一门学问。百花村有一个兰圃,种箭兰甚多,可惜我们去时管理员不在,门锁着,未能参观。

木棉庵在漳州市外。这个地方的出名,是因为贾似道是在这里被杀的。贾似道是历史上少见的专权误国、荒唐透顶的奸相。元军沿江南下,他被迫出兵,在鲁港大败,不久,被革职放逐,至漳州木棉庵为押送人郑虎臣所杀。今木棉庵外土坡上立有石碑两通,大字深刻"郑虎臣诛贾似道于此",两碑文字一样。贾似道被放逐,是从什么地方起解的呢?为什么走了这条路线?原本是要把他押到什么地方去呢?郑虎臣为什么选了这么个地方诛了贾似道?郑虎臣的下落如何?他事后向上边复命了没有?按说一个押送人是没有权力把一个犯罪的大臣私自杀了的,尽管郑虎臣说他是"为天下诛贾似道"。想来南宋末年乱得一塌糊涂,没有人追究这件事,也就不了了之了。贾似道下场如此,在"太师"级的大员里是少见的。土坡后有一小庵,当是后建的,但还叫作木棉庵。庵中香火冷落,壁上有当代人题歪诗一首。

云 霄

云霄是果乡。到下畈山上看了看,遍山是果树:芦柑、荔枝、枇杷。枇杷树很大,树冠开张如伞盖,开花极繁。我没有见过枇杷树开这样多的花。

明年结果,会是怎样一个奇观?一个承包山头的果农新摘了一篮芦柑,看见县委书记,交谈了几句,把一篮芦柑全倒在我们的汽车里了。在车上剥开新摘的芦柑,吃了一路。芦柑瓣大,味甜,无渣。

云霄出蜜柚,因为产量少,不外销,外地人知道的不多。蜜柚甜而多汁,如其名。

在云霄吃海鲜,难忘。除了闽南到处都有的"蚝煎"——海蛎子裹鸡蛋油煎之外,有西施舌、泥蚶。西施舌细嫩无比。我吃海鲜,总觉得味道过于浓重,西施舌则味极鲜而汤极清,极爽口。泥蚶亦名血蚶,肉玉红色,极嫩。张岱谓不施油盐而五味俱足者唯蟹与蚶,他所吃的不知是不是泥蚶。我吃泥蚶,正是不加任何佐料,剥开壳就进嘴的。我吃菜不多,每样只是夹几块尝尝味道,吃泥蚶则胃口大开,一大盘泥蚶被我一个人吃了一小半,面前蚶壳堆成一座小丘,意犹未尽。吃泥蚶,饮热黄酒,人生难得。举杯敬谢主人,曰:"这才叫海味!"

云霄出矿泉水。矿泉水,深井水耳。有一位南京大学的水文专家,看了看将军山的地形,说:"这样的地形,下面肯定有矿泉水。"凿井深至一千四百米,水出。矿泉水是高级饮料,现已在我国流行,时髦青年皆以饮矿泉水为"有分"。

东 山

听说东山的海滩是全国最大的海滩。果然很大。砂是硅砂,晶莹洁白。冬天,海滩上没有人。接待游客的旅馆、卖旅游纪念品的铺子、冷饮小店、更衣的棚屋,都锁着门。冬天的海滩显得很荒凉。问我有什么印象,只能说:我到过全国最大的海滩了。我对海没有记忆。因此也不易有感情。

东山城上有风动石。一块很大的浑圆的石头,上负一块很大的石头蛋。有大风,上面的石头能动。有个小伙子奔上去,仰卧,双脚蹬石头蛋,果然能动。这两块石头摞在一起,不知有多少年了。这是大自然的游戏。

厦 门

庙总要有些古。南普陀几乎是一座全新的庙,到处都是金碧辉煌。屋檐石柱、彩画油漆、香炉烛台、幡幢供果,都像是新的。佛像大概是新装了金,锃亮锃亮的。

大雄宝殿里,百余僧众在做功课。他们的黄色袈裟也都很新,折线分明。一个年轻的和尚敲木鱼以齐节奏。木鱼槌颇大。他敲得很有技巧,利用木鱼槌反弹的力量连续地敲着。这样连续地敲很久,腕臂得有点功夫。节奏是快板——有板无眼:卜、卜、卜、卜……这个年轻和尚相貌清秀,样子极聪明。我觉得他会升成和尚里的干部的。

到后山逛了一圈,回到大殿外面,诵佛的节奏变成了原板——一板一

厦门

眼：卜——卜——卜……

往鼓浪屿访舒婷。舒婷家在一山坡上，是一座石筑的楼房。看起来很舒服，但并不宽敞。她上有公婆，下有幼子，她需要料理家务，有客人来，还要下厨做饭。她住的地方，鼓浪屿，名声在外，一定时常有些省内外作家，不速而来，像我们几个，来吃她一顿菜包春卷。她的书房不大，满壁图书，她和爱人写字的桌子却只是两张并排放着的小三屉桌，于是经常发生彼此的稿纸越界的纠纷。我看这两张小三屉桌,不禁想起弗金尼·沃尔芙的《一间自己的屋子》。舒婷在这样的条件下还能写得出朦胧诗吗?听说她的诗要变,会变成什么样子?

有人为铁凝、王安忆失去早期作品的优美而惋惜。无可奈何花落去,谁也没有办法。

福 州

鼓山顶有大石如鼓,故名。或云有大风雨则发出鼓声,恐是附会。山在福州市东,汽车可以一直开到涌泉寺山门,往返甚便,故游人多。福州附近山都不大,鼓山算是大山了。山不雄而甚秀,树虽古而仍荣,滋滋润润,郁郁葱葱。福州之山,与他处不同。

涌泉寺始建于唐代,是座古刹了,但现在殿宇精整,想是经过几次重建了。涌泉寺不像南普陀那样华丽,但是规模很大,有气派。大殿很高,只供三世佛。十八罗汉则分坐在殿外两边的廊子上,一边九位。这种布局我在别处庙里还没有见过。

寺里和尚很多,大都很年轻,十八九岁。这里的和尚穿了一种特别的僧鞋,黑灯芯绒鞋面,有鼻,厚胶皮底,看来很结实,也很舒服。一个小和尚发现我在看他的鞋,说:"这种鞋很贵,比社会上的鞋要贵得多。"他用的这个词很有意思,"社会上的"。这大概是寺庙中特有的用词。这个小和尚会说普通话。

涌泉寺有几口大锅,据说能供一千人吃饭,凡到寺的香客游人都要去看一看。锅大而深,为钢铁合铸,表面漆黑光滑,如涂了油。这样大的锅如何能把饭煮熟?

寺东山上多摩崖石刻。有蔡襄大字题名两处。一处题蔡襄;一处与苏才翁辈同来,则书"蔡君谟"。题名称字,或是一时风气。蔡襄登鼓山,大概有两次,一次与苏才翁等同来,一次是自来。蔡襄至和三年以枢密直学士知福州,登鼓山或当在此时。然襄是仙游人,到福州甚近便,是否至和间登鼓山,也不能肯定。我很喜欢蔡襄的字。有人以为"宋四家"(苏、黄、米、蔡),实应以蔡为首。这两处题名,字大如斗,端重沉着,与三希堂所刻诸帖的行书不相似。盖摩崖题名别是一体。

西禅寺是新盖的,还没有最后完工,正在进行扫尾工程,石匠在敲錾石板石柱,但已经提前使用,和尚开始工作了。一家在追荐亡灵。八个和尚敲着木鱼铙钹,念着经,走着,走得很快。到一个偏殿里,分两边站下,继续敲打唱念,节奏仍然很快,好像要草草了事的样子。两个妇女在殿外,从一个相框里取出一张八寸放大的照片,照片上是个中年男人,放进铁炉的火里

福州牛丸

焚化了。这两个妇女当然是死者的亲属,但看不出是什么关系。她们既没有跪拜,也没有悲泣,脸上是严肃的,但也有些平淡。焚化照片,祈求亡灵升天,此风为别处所未见,大概是华侨兴出来的。但兴起得不会太早,总在有了照相术以后。

后殿有一家在还愿。当初许的愿我也没听说过:三天三夜香烛不断。一个大红的绸制横标上缀着这样的金字。也没有人念经,只是香烟袅绕,烛光烨烨。

寺北正在建造一座宝塔,十三层,快要完工了,已经在封顶。这是座钢筋水泥结构的塔。看看这座用现代材料建成的灰白色的塔(塔尚未装饰,装饰后会是彩色的),不知人间何世。

寺、塔,都是华侨捐资所建。

福建人食不厌精,福州尤甚。鱼丸、肉丸、牛肉丸皆如小桂圆大,不是用刀斩剁,而是用棒槌之如泥制成的。入口不觉有纤维,极细,而有弹性。鱼饺的皮是用鱼肉捶成的。用纯精瘦肉加芡粉以木槌捶至如纸薄,以包馄饨(福州叫作"扁肉"),谓之燕皮。街巷的小铺小摊卖各种小吃。我们去一家吃了一"套"风味小吃,十道,每道一小碗带汤的、一小碟各样蒸的炸的点心,计二十样矣。吃了一个荸荠大的小包子,我忽然想起东北人。应该请东北人吃一顿这样的小吃。东北人太应该了解一下这种难以想象的饮食文化了。当然,我也建议福州人去吃吃李连贵大饼。

武夷山

武夷山的好处是景点集中。范围不算大,处处有景,在任何地方,从任何角度,都有可看的,不似有些风景区,走半天,才有一处可看,其余各处皆平平。山水对人都很亲切,很和善,迎面走来,似欲与人相就,欲把臂，欲款语，不高傲，不冷漠，不严峻。武夷属低山，游程有惊无险。自山麓至天游峰皆石级，走起来不累。我已经近七十，上天游峰不感到心脏有负担。

玉女峰亭亭而立，大王峰虎虎而蹲。晒布岩直挂而下，石色微红，寸草不生，壮观而耐看。天游是绝顶，一览众山，使人出尘之想。

武夷的好处是有山有水。九曲溪是天造奇境。溪随山宛曲，水极清，溪底皆黑色大卵石。现在是枯水期，水浅，竹筏与卵石相摩，咯咯有声。坐在筏上，左顾右盼，应接不暇。

船棺不知是何代物。那时候的人是用什么办法把棺材弄到这样无路可通的悬崖绝壁的山洞里的？为什么要把死人葬在这样高的地方？这是无法解释的谜。

水帘洞不是像《西游记》所写的那样洞口有瀑布悬挂如帘，而是从峭壁上挂下一条很长的草绳，山上水沿草绳流注，被风吹散，如烟如雾，飘飘忽忽，如一片透明的薄帘。水帘洞下有田地人家，种植炊煮，皆赖山水。泉下有茶馆，有人在饮茶。

天车是一列巨大的木制绞车，因为嵌置在峭壁极高处的山缝间，如在天上，当地人谓之"天车"。据传，太平天国时有财主数姓，避乱入岩洞中，设此天车,把财物和食物绞上去,在洞中藏匿甚久,太平天国军仰攻之,竟不得上。峭壁有碑记其事。这块碑的措辞很尴尬,当然要说太平天国是革命的,地主是反动的,但是游人仰看天车,则只有为天车感到惊奇,碑文想发一点感慨,可不知说什么好。

武夷山是道教山,入山处原有武夷宫,已毁,现在正在重建,结构存其旧制,而规模较小。看了檐口的大斗拱,知道这是宋式建筑。宫前有两棵桂花树,云是当年所植,数百年物也。宫外有荣观,亦宋式。

我们所住的银河饭店门前是崇安溪;屋后亦有小溪,溪水小有落差,入夜水声淙淙不绝。现在是旅游淡季,整个旅馆只住了我们五个人。经理为我们的饭菜颇费张罗,有炒新鲜冬笋,有武夷山的山珍石鳞,即石鸡,山间所产的大蛙也,有狗肉,有蛇汤。

临行,经理嘱写字留念,写了一副对联:

四围山色临窗秀,一夜溪声入梦清。

四川杂忆

四川是个好地方

四川的气候好，多雾，雾养百谷；土好，不需要怎么施肥。在一块岩石上甩几坨泥巴，硬是能长出一片胡豆。这不是夸张想象，是亲眼看见。我们剧团的一个演员在汽车里看到这奇特情景，招呼大家："快来看！石头上长蚕豆！"

成　都

在我到过的城市里，成都是最安静、最干净的。在宽平的街上走走，使人觉得很轻松，很自由。成都人的举止言谈都透着悠闲。

这种悠闲似乎脱离了时代。以致何其芳在抗日战争时期觉得这和抗战很不协调，写了一首长诗：《成都，让我来把你摇醒》。

成都并不总是似睡不醒的。"文化大革命"中也很折腾了一气。

我在二十世纪六十年代初、七十年代、八十年代，都到过成都。最后一次到成都，成都似乎变化不大，但也留下一些"文化大革命"的痕迹。最明显的原来市中心的皇城叫刘结挺、张西挺炸掉了。当时写了一首诗：

柳眠花重雨丝丝，

劫后成都似旧时。

独有皇城今不见，

刘张霸业使人思。

成都

　　武侯祠大概不是杜甫曾到过的武侯祠了,似乎也不见霜皮溜雨、黛色参天的古柏树,但我还是很喜欢现在的武侯祠。武侯祠气象森然,很能表现武侯的气度。这是我所到过的祠堂中最好的。这是一个祠,不是庙,也不是观,没有和尚气、道士气。武侯塑像端肃,面带深思。两廊配享的蜀之文武大臣,武将并不剑拔弩张,故作威猛,文臣也不那么飘逸有神仙气,只是一些公忠谨慎的国之干城,一些平常的"人"。武侯祠的楹联多为治蜀的封疆大员所撰写,不是吟风弄月的名士所写,这增加了祠的典重。毛泽东主席十分欣赏的那副长联:"能攻心则反侧自消,从古知兵非好战;不审势即宽严皆误,后来治蜀要深思。"确实写得很得体,既表现了武侯的思想,也说出撰联大臣的见识。在祠堂对联中,可算得是写得最好的。

我不喜欢杜甫草堂,杜甫的遗迹一点也没有,为秋风所破的茅屋在哪里?老妻画纸、稚子敲针在什么地方?杜甫在何处看见细雨鱼儿出、微风燕子斜?都无从想象。没有楠木,也没有大邑青瓷。

眉 山

三苏祠即旧宅为祠。东坡文云:"家有五亩之园",今略广,占地约八亩。房屋疏朗,三径空阔,树木秀润,因为是以宅为祠,使人有更多的向往。廊子上有一口井,云是苏氏旧物,现在还能打得上水来。井以红砂石为栏,尚完好。大概苏家也不常用这个井,否则,红砂石石质疏松,是会叫井绳磨出道道的。园之右侧有花坛,种荔枝一棵。据说东坡离家时,乡人栽了一棵荔枝,要等他回来吃。苏东坡流谪在外,最终还是没有吃到家乡的荔枝。东坡酷嗜荔枝,日啖三百颗,但那是广东荔枝。从海南望四川,连"青山一发"也看不见。"不辞长作岭南人",其言其实是酸苦的。当年乡人所种的荔枝,早已枯死,后来补种了几次,现存的一棵据说是明代补种的,也已经半枯了,正在设法抢救。祠中有个陈列室,搜集了苏东坡集的历代版本，平放在玻璃橱里。这一设计很能表现四川人的文化素养。

离眉山，往乐山，车中得诗：

当日家园有五亩，
至今文字重三苏。
红栏旧井犹堪汲，
丹荔重栽第几株？

乐 山

大佛的一只手断掉了，后来补了一只。补得不好，手太长，比例不对。又耷拉着，似乎没有筋骨。一时设计不到，造成永久的遗憾。现在没有办法了，又不能给他做一次断手再植的手术，只好就这样吧。

走尽石级，将登山路，迎面有摩崖一方，是司马光的字。我见过他写给修《资治通鉴》的局中同人的信，字方方的，笔画颇细瘦。他的大字我还没有见过，崖上的字大约七八寸，健劲近似颜体。文曰：

登山亦有道徐行则不蹶
　　　　司马光

我每逢登山,总要想起司马光的摩崖大字。这是见道之言,所说的当然不只是登山。

洪椿坪

峨眉山风景最好的地方我以为是由清音阁到洪椿坪的一段山路。一边是山,竹树层叠,蒙蒙茸茸。一边是农田。下面是一条溪,溪水从大大小小黑的、白的、灰色的石块间夺路而下,有时潴为浅潭,有时只是弯弯曲曲的涓涓细流,听不到声音。时时飞来一只鸟,在石块上落定,不停地撅起尾巴。撅起,垂下,又撅起……它为什么要这样?鸟黑身白颊,黑得像墨,不叫。我觉得这就是鲁迅小说里写的张飞鸟。

洪椿坪的寺名我已经忘记了。

入寺后,各处看看。两个五台山来的和尚在后殿拜佛。

这两个和尚我们在清音阁已经认识,交谈过。一个较高,清瘦清瘦的。他是保定人,原来是做生意的,娶过妻,夫妻感情很好。妻子病故,他万念俱灰,四处漫游,到了五台山,就出了家。另一个黑胖结实,完全像一个农民,他原来大概也就是五台山下的农民。他们发愿朝四大名山。已经朝过普陀,朝过峨眉之后,还要去朝九华山。五台山是本山,早晚可以拜佛,不需跋山涉水。他们的食宿旅费是自筹的。和尚每月有一点生活费,积攒了几年，才能完成夙愿。

进庙先拜佛，得拜一百八十拜。那样五体投地地拜一百八十拜，要叫我拜，非拜晕了不可。正在拜着，黑胖和尚忽然站起来飞跑出殿。原来他一时内急，憋不住了，要去如厕。排便之后，整顿衣裤，又接着拜。

晚饭后，在走廊上和一个本庙的和尚闲聊。我问他和尚进庙是不是都要拜一百八十拜。他说都要拜的。"我们到人家庙里，还不是一样要拜！"同时聊天的有几个小青年。一个小青年问："你吃不吃肉？"他说："肉还是要吃的。""喝不喝酒？""酒还是要喝的。"我没想到他如此坦率，他说，"文化大革命"时把他们赶下山去，结了婚，生了孩子，什么规矩也没有了。不过庙里的小和尚是不许的。这个和尚四十多岁。天热，他褪下一只僧鞋，把不着鞋的脚在膝上架成二郎腿。他穿的是黄色僧鞋，袜子却是葡萄灰的尼龙丝袜。

两个五台山的和尚天不亮去朝金顶，等我们吃罢早餐，他们已经下来了。保定和尚说他们看到普贤的法相了，在金顶山路转弯处，普贤骑在白象上，前面有两行天女。起先只他一个人看见，他（那个黑胖和尚）看不见，他心里很着急，后来他也看见了。他告诉我们他们在普陀也看到了观音的法相，前面一队白孔雀。保定和尚说："你们是唯物主义者，我们是唯心主义

北温泉

者,我们的话你们不会相信。不过我们干吗要骗你们?"

下清音阁,我们要去宾馆,两位和尚要去九华山,遂分手。

北温泉

为了改《红岩》剧本,我们在北温泉住了十来天。住数帆楼。数帆楼是一个小宾馆,只两层,房间不多,全楼住客就是我们几个人。数帆楼廊子上一坐,真是安逸。楼外是竹丛,如张岱所说的:"人面一绿。"竹外即嘉陵江。那时嘉陵江还没有被污染,水是碧绿的。昔人诗云:"嘉陵江水女儿肤,比似春葱碧不殊。"写出了江水的感觉。听罗广斌说,艾芜同志在廊上坐下,说:"我就是这里了!"不知怎么这句话传成了是我说的,"文化大革命"中我曾因为这句话而挨过斗。我没有分辩,因为这也是我的感受。

北温泉游人极少,花木欣荣,枭鸟自乐。温泉浴池门开着,随时可以洗。

引温泉水为渠,渠中养非洲鲫鱼。这是个好主意。非洲鲫鱼肉细嫩,唯恨刺多。每顿饭几乎都有非洲鲫鱼,于是我们每顿饭都带酒去。

住数帆楼,洗温泉浴,饮泸州大曲或五粮液,吃非洲鲫鱼,"文化大革命"不斗这样的人,斗谁?

新 都

新都有桂湖,湖不大,环湖皆植桂,开花时想必香得不得了。

桂湖上有杨升庵祠。祠不大,砖墙瓦顶,无藻饰,很朴素。祠内有当地文物数件。壁上嵌黑石,刻黄氏夫人"雁飞曾不到衡阳"诗,不知是不是手迹。

祠中正准备为杨升庵立像,管理处的负责同志让我们看了不少塑像小样,征求我们的意见。我没有说什么。我是不大赞成给古代的文人造像的。都差不多。屈原、李白、杜甫,都是一个样。在三苏祠后面看了苏东坡倚坐饮酒的石像，我实在不能断定这是苏东坡还是李白。杨升庵是什么长相？曾见陈老莲绘升庵醉后图，插花满头，是个相当魁伟的胖子。陈老莲的画未见得有什么根据。即使有一点根据，在桂湖之侧竖一胖人的像，也不大好看。

我倒觉得升庵祠可以像三苏祠一样辟一间陈列室，搜集升庵著作的各种版本放在里面。

杨升庵著作甚多，有七十几种。有人以为升庵考证粗疏，有些地方是臆断。我觉得这毕竟是个很有才华、很有学问的人，而且遭遇很不幸，值得纪念。

曾有题升庵祠诗：

桂湖老桂弄新姿，

湖上升庵旧有祠。

一种风流谁得似，

状元词曲罪臣诗。

大 足

云冈石刻古朴浑厚，龙门石刻精神饱满。云冈、龙门的颜色是灰黑色，石质比较粗疏，易风化。云冈风化得很厉害，龙门石佛的衣纹也不那么清晰了。云冈是北魏的，龙门是唐代的。大足石刻年代较晚，主要是宋刻。石质洁白坚致,极少磨损,刻工风格也与云冈、龙门迥异,其特点是清秀潇洒,很美,一种人间的美,人的美。

有人说佛像都是没有性别的,是中性的,分不出是男是女。也许是这样吧。更恰当地说,佛有点女性美。大足普贤像被称为"东方的维纳斯",其实是不准确的。维纳斯就是西方的,她的美是西方的美。普贤是东方的,他的美是东方的美。普贤是男性(不像观音似的曾化为女身),咋会是维纳斯呢?不过普贤确实有点女性,眉目恬静,如好女子。他戴着花冠,尤易让人误会。

"媚态观音"像一个腰肢婀娜的舞女。不过"媚态"二字不大好,说得太露了。

"十二圆觉"衣带静垂,但让人觉得圆觉之间,有清风流动。这组群像的构思有点特别,强调同,而不强调异。十二尊像的相貌、衣着、坐态几乎是一样的。他们都在沉思,但仔细看看,觉得他们各有会心,神情微异。唯此小异,乃成大同,形成一个整体。十二圆觉门的上面凿出横方窗洞,以受日光,故室内并不昏暗。流泉一道,涓涓下注,流出室外,使空气长新。当初设计,极具匠心。

我见过很多千手观音,都不觉得怎么美。一个人肩背上长出许多胳臂和手,总是不自然。我见过最大的也是最好的千手观音,是承德外八庙的有三层楼高的那一尊。这尊很高的千手观音的好处是胳臂安得比较自然。大足的千手观音我以为是个奇迹。那么多只手(共一千零七只),可是非常自然。这些手是怎样从观音身上长出来的,完全没有交代,只见观音身后有很多手。因为没法交代,所以干脆不交代,这办法太聪明了!但是,你又觉得这确实都是观音的手、菩萨的手。这些手各具表情,有的似在召唤,有的似在指点,有的似在给人安慰……这是富于人性的手。这具千手观音的美学特点是把规整性和随意性结合了起来。石刻,当然是要经过周密的设计的,但是错落参差,不做呆板的对称。手共一千零七只,是个单数,即此可见其随意性。

释迦牟尼涅槃像(俗谓卧佛),佛的面部极为平静,目微睁(常见卧佛合目如甜睡),无爱无欲,无死无生,已寂灭一切烦恼,圆满一切功德,至最高境界。佛像很大,长三十余米,但只刻了佛的头部和胸部,肩和手无交代,下肢伸入岩石,不知所终。佛前刻了佛弟子约十人,不是站成一排,而是有前有后,有的向左,有的向右,弟子服饰皆如中土产;有一个科头鬈发的,似西方人。弟子面微悲戚,但不像有些通俗佛经上所说的号啕擗踊。弟子也只露出半身,腹部以下,在石头里,也不知所终。于有限的空间造无限的境界,大足的佛涅槃像是一个杰作!

川　剧

有一位影剧才人说过一句话："你要知道一个人欣赏水平的高低,只要问他喜欢川剧还是喜欢越剧就可知晓。"有一次我在青年艺术剧院看川剧,台上正在演《做文章》,池座的薄暗光线中悄悄进来两个人,一看,是陈老总和贺老总。那是夏天,老哥儿俩都穿了纺绸衬衫,一人手里一把芭蕉扇。坐定之后,陈老总一看邻座是范瑞娟,就大声说:"范瑞娟,你看我们的川剧怎么样啊?"范瑞娟小声说:"好!"这二位老总看来是以家乡戏自豪的——虽然贺老总不是四川人。

川剧文学性高,像"月明如水浸楼台"这样的唱词在其他剧种里是找不出来的。

川剧有些戏很美,比如《秋江》《踏伞》。

有些戏悲剧性强,感情强烈。如《放裴》《刁窗》《打神告庙》。《马踏箭射》写女人的嫉妒令人震颤。我看过阳友鹤和曾荣华的《铁笼山》,戏剧冲突如此强烈,我当时觉得这是莎士比亚!

川剧喜剧多,而且品位极高,是真正的喜剧。像《评雪辨踪》这样带抒情性的喜剧,我在其他剧种里还没有见过。其他剧种移植这出戏就失去了原来的诗意。同样,改编的《秋江》也只保存了身段动作,诗意少了。川剧喜剧的诗意与语言密不可分。四川话是我国最生动的方言之一。比如《秋江》的对话。

　　陈姑：嗳！
　　艄翁：那么高了，还矮呀！
　　陈姑：哎！
　　艄翁：飞远了，按不到了！

不懂四川话就体会不到妙处。

川丑都有书卷气。李文杰告诉我，进科班学丑，先得学三年小生。这是非常有道理的。川丑不像京剧小丑那样粗俗，如北京人所说的"胳肢人"或上海人所说的"硬滑稽"，往往是闲中作色，轻轻一笔，使人越想越觉得好笑。比如《拉郎配》的太监对地方官宣读圣旨之后，说："你们各自回衙理事。"他以为这是在他的府第里，完全忘了这是人家的衙门。老公的颠顶糊涂真令人忍俊不禁。川剧许多丑戏并不热闹，倒是"冷淡清灵"的。像《做文章》这样的戏，京剧的丑是没法演的。《文武打》，京剧丑角会以为这不叫个戏。

川剧有些手法非常奇特，非常新鲜。《梵王宫》耶律含嫣和花云一见钟情，久久注视，目不稍瞬，耶律含嫣的妹妹（？）把他们两人的视线拉在一起,拴了个扣儿,还用手指在这根"线"上嘣嘣嘣弹三下。这位小妹捏着这根"线"向前推一推,耶律含嫣和花云的身子就随着向前倾,把"线"向后拖一拖,两人就朝后仰。这根"线"如此结实,实是奇绝!耶律含嫣坐车,她觉得推车的是花云,回头一看,不是!是个老头子,上唇有一撮黑胡子。等她扭过头,是花云!车夫是演花云的同一演员扮的。这撮小胡子可以一会儿出现,一会儿消失(胡子消失是演员含进嘴里了)。用这样的方法表现耶律含嫣爱花云爱得精神恍惚,瞧谁都像花云。耶律含嫣的心理状态不通过旦角的唱念来表现,却通过车夫的小胡子变化来表现。化抽象为具象,这种手法,除了川剧,我还没有见过,而且绝对想不出来。想出这种手法的,能不说他是个天才吗?

有人说我国戏曲比较接近布莱希特体系,主要指我国戏曲的"间离效果"。我觉得真正有意识地运用"间离效果"的是川剧。川剧不要求观众完全"入戏",保持清醒,和剧情保持距离。川剧的帮腔在制造"间离效果"上起了很大作用。帮腔者常常是置身局外的旁观者。我曾在重庆看过一出戏(剧名已忘),两个奸臣在台上对骂,一个说:"你浑蛋!"另一个说:"你浑蛋!"帮腔的高声唱道:"你两个都浑蛋喏……"他把观众对两人的评论唱出来了!

胡同文化

胡同文化

　　北京城像一块大豆腐,四方四正。城里有大街,有胡同。大街、胡同都是正南正北,正东正西。北京人的方位意识极强。过去拉洋车的,逢转弯处都高叫一声"东去!""西去!"以防碰着行人。老两口睡觉,老太太嫌老头子挤着她了,说:"你往南边去一点。"这是外地少有的。街道如是斜的,就特别标明是斜街,如烟袋斜街、杨梅竹斜街。大街、胡同把北京切成一个又一个方块。这种方正不但影响了北京人的生活,也影响了北京人的思想。

四处去经历篇

胡同原是蒙古语，据说原意是水井，未知确否。胡同的取名，有各种来源。有的是计数的，如东单三条、东四十条。有的原是皇家储存物件的地方，如皮库胡同、惜薪司胡同（存放柴炭的地方），有的是这条胡同里曾住过一个有名的人物，如无量大人胡同、石老娘（老娘是接生婆）胡同。大雅宝胡同原名大哑巴胡同，大概胡同里曾住过一个哑巴。王皮胡同是因为有一个姓王的皮匠。王广福胡同原名王寡妇胡同。有的是某种行业集中的地方。手帕胡同大概是卖手帕的。羊肉胡同当初想必是卖羊肉的。有的胡同是像其形状的。高义伯胡同原名狗尾巴胡同。小羊宜宾胡同原名羊尾巴胡同。大概是因为这两条胡同的样子有点像羊尾巴、狗尾巴。有些胡同则不知道何所取义，如大绿纱帽胡同。

胡同有的很宽阔，如东总布胡同、铁狮子胡同。这些胡同两边大都是"宅门"，到现在房屋都还挺整齐。有些胡同很小，如耳朵眼胡同。北京到底有多少胡同？北京人说："有名的胡同三千六，没名的胡同数不清。"通常提起"胡同"，多指的是小胡同。

胡同是贯通大街的网络。它距离闹市很近，打个酱油、称二斤鸡蛋什么的，很方便，但又似很远。这里没有车水马龙，总是安安静静的。偶尔有剃头挑子的"唤头"（像一个大镊子，用铁棒从当中擦过，便发出嗡的一声）、磨剪子磨刀的"惊闺"（十几个铁片穿成一串，摇动作声）、算命的盲人（现在早没有了）吹的短笛的声音。这些声音不但不显得喧闹，倒显得胡同里更加安静了。

胡同和四合院是一体。胡同两边是若干四合院连接起来的。胡同、四合院，是北京市民的居住方式，也是北京市民的文化形态。我们通常说北京的市民文化，就是指胡同文化。胡同文化是北京文化的重要组成部分，即便不是最主要的部分。

胡同文化是一种封闭的文化。住在胡同里的居民大都安土重迁，不大愿意搬家。有在一个胡同里一住住几十年的，甚至有住了几辈子的。胡同里的房屋大都很旧了。"地根儿"房子就不太好，旧房檩、断砖墙。下雨天常是外面大下，屋里小下。一到下大雨，总可以听到房塌的声音，那是胡同里的房子。但是他们舍不得"挪窝儿"——"破家值万贯"。

四合院是一个盒子。北京人理想的住家是"独门独院"。北京人也很讲究"处街坊"。"远亲不如近邻"。"街坊里道"的，谁家有点事，婚丧嫁娶，都"随"一点"份子"，道个喜或道个恼，不这样就不合"礼数"。但是平常日子，过往不多，除了有的街坊是棋友，"杀"一盘；有的是酒友，到"大酒缸"（过去山西人开的酒铺，都没有桌子，在酒缸上放一块规成圆形的厚板以代酒桌）喝两"个"（大酒缸二两一杯，叫作"一个"）；或是鸟友，不约而同，各晃着鸟笼，到天坛城根、玉渊潭去"会鸟"（会鸟是把鸟笼挂在一处，既可让鸟互相学叫，也互相比赛），此外，"各人自扫门前雪，休管他人瓦上霜"。

北京人易于满足，他们对物质生活要求不高。有窝头，就知足了。大腌萝卜，就不错。小酱萝卜，那还有什么说的。臭豆腐滴几滴香油，可以待姑奶奶。虾米皮熬白菜，嘿！我认识一个在国子监当过差，伺候过陆润庠、王垿等祭酒的老人，他说："哪儿也比不了北京。北京的熬白菜也比别处好吃——五味神在北京。"五味神是什么神？我至今考查不出来。但是北京人的大白菜文化却是可以理解的。每个北京人一辈子吃的大白菜摞起来大概有北海白塔那么高。

北京人爱瞧热闹，但是不爱管闲事，他们总是置身事外，冷眼旁观。北京是民主运动的策源地，"民国"以来，常有学生运动。北京人管学生运动叫作"闹学生"。学生示威游行，叫作"过学生"。与他们无关。

北京胡同文化的精义是"忍"。安分守己，逆来顺受。老舍《茶馆》里的王利发说，"我当了一辈子的顺民"，是大部分北京市民的心态。

我的小说《八月骄阳》里写到"文化大革命"，有这样一段对话：

"还有个章法没有？我可是当了一辈子安善良民，从来奉公守法。这会儿，全乱了。我这眼前就跟'下黄土'似的，简直的，分不清东西南北了。"

"您多余操这份儿心。粮店还卖不卖棒子面？"

"卖!"

"还是的。有棒子面就行。……"

我们楼里有个小伙子,为一点儿事,打了开电梯的小姑娘一个嘴巴。我们都很生气,怎么可以打一个女孩子呢!我跟两个上了岁数的老北京(他们是"搬迁户",原来是住在胡同里的)说,大家应该主持正义,让小伙子当众向小姑娘认错,这二位同声说:"叫他认错?门儿也没有!忍着吧!——'穷忍着,富耐着,睡不着眯着'!""睡不着眯着"这话实在太精彩了!睡不着,别烦躁,别起急,眯着,北京人,真有你的!

北京的胡同在衰败、没落。除了少数"宅门"还在那里挺着,大部分民居的房屋都已经很残破,有的地基柱甚至已经下沉,只有多半截还露在地面上。有些四合院门外还保存已失原形的拴马桩、上马石,记录着失去的荣华。有打不上水来的井眼、磨圆了棱角的石头棋盘,供人凭吊。西风残照,衰草离坡,满目荒凉,毫无生气。

看看这些胡同的照片,不禁使人产生怀旧情绪,甚至有些伤感。但是这是无可奈何的事,在商品经济大潮的席卷之下,胡同和胡同文化总有一天会消失的。也许像西安的虾蟆陵、南京的乌衣巷,还会保留一两个名目,使人怅望低回。

再见吧,胡同。

玉渊潭的传说

玉渊潭

玉渊潭公园范围很大,东接钓鱼台,西到三环路,北靠白堆子、马神庙,南通军事博物馆。这个公园的好处是自然,到现在为止,还不大像个公园——将来可不敢说了。没有亭台楼阁、假山花圃。就是那么一片水,好些树。绕湖边长堤,转一圈得一个多小时。湖中有堤,贯通南北,把玉渊潭分为西湖和东湖。西湖可游泳,东湖可划船。湖边有很多人钓鱼,湖里有人坐了汽车内胎扎成的筏子撒网。堤上有人遛鸟,有两三处是鸟友们"会鸟"的地方,画眉、百灵,叫成一片。有人打拳、做鹤翔桩、跑步。更多的人是遛弯儿的。遛弯儿有几条路线,所见所闻不同。常遛的人都深有体会。有一位每天来遛的常客,以为从某处经某处,然后出玉渊潭,最有意思。他说:"这个弯儿不错。"

每天遛弯儿,总可遇见几位老人。常见,面熟了,见到总要点点头:"遛遛?""吃啦?""今儿天不错,没风!"……

几位老人都已经八十上下了。他们是玉渊潭的老住户,有的已经住了几辈子。他们原来都是种地的,退休了。身子骨都挺硬朗。早晨,他们都绕长堤遛弯儿。白天,放放奶羊,莳弄莳弄巴掌大的一块菜地,摘一点喂鸡的猪儿草。晚饭后大都聚在湖北岸水闸旁边聊天。尤其是夏天,常常聊到很晚。这地方凉快。

我听他们聊,不免问问玉渊潭过去的事。

他们说玉渊潭原本是一片荒地,没有什么人来。只有每年秋天,热闹几天。城里很多人到玉渊潭来吃烤肉——北京人不是讲究"贴秋膘"吗?各处架起烤肉炙子,烧着柴火,烤肉的香味顺风飘得老远……

秋高气爽,到野地里吃烤肉,瞧瞧湖水,闻着野花野草的清香,确实是一件乐事。我倒愿意这种风气能够恢复。不过,很难了!

四处去经历篇

老人们说，这玉渊潭原本是私人的产业，是张××的（他们把这个姓张的名字叫得很真酱，我曾经记住，后来忘了）。那会儿玉渊潭就是当中有一条陆地，种稻子。土肥水好，每年收成不错，玉渊潭一带的人，种的都是张家的地。

他们说不但玉渊潭，由打阜成门，一直到现在的三环路，都是张××的，他一个人的。

（这可能吗？）

这张××是怎么发的家呢？他是做"供"的。早年间北京人订供，不是一次给钱，而是分期给，按时给，从正月给到腊月，年底下就能捧回去一盘供。这张××收了很多家的钱，全花了。到了年根，要面没面，要油没油，拿什么给人家呀！他着急呀，睡不着觉。迷迷糊糊地睡了，做了一个梦，梦里听见有人跟他说："张××，哪儿哪儿有你的油，你的面，你去拉吧！"他醒来，到了那儿，有一所房，里面有油有面，他就赶着车往外拉。怎么拉也拉不完。怎么拉，也拉不完。起那儿，他就发了大财了！

这个传说当然不可信，情节也比较一般化。不过也还有点意思。从这个传说让我了解了几件事。

第一，北京人家过年，家家都要有一盘供。南方人也许不知道什么是"供"。供，就是面擀成指头粗的条，在油里炸透，蘸了蜂蜜，堆成宝塔形，供在神案上的一种甜食。这大概本来是佛教敬奉释迦牟尼的东西，而且本来可能是庙里制作的。《红楼梦》第一回写葫芦庙中炸供，和尚不小心，油锅火逸，造成火灾，可为旁证。不过《红楼梦》写炸供是在三月十五，而北京人家摆供则在大年初一，季节不同。到后来，就不只是敬给释迦牟尼了，天上地下，各教神仙都有份。似乎一切神佛都爱吃甜东西。其实爱吃这种甜食的是孩子。北京的孩子大概都曾趁大人看不见的时候，偷偷地掰过供尖吃。到了撤供的时候，一盘供就会矮一截。现在过年的时候，没有人家摆供了，不过点心铺里还有"蜜供"卖，只是不复堆成宝塔形，而是一疙瘩一块的。很甜，有一点蜜香。

第二，我这才知道，北京人家订供，用的是这种"分期付款"的办法。分期付款，我原以为是外国传来的，殊不知中国，北京，古已有之。所不同的是，现在的分期付款是先取了东西，再陆续付钱，订供则是先钱后货。小户人家，到年底一次拿出一笔钱来办供，有些费劲，这样零揪着按月交钱，就轻松多了；做供的呢，也可以攒了本钱，从容备料。买主卖主，两得其便。这办法不错！

第三，这几位老人对这传说毫不怀疑。他们是当真事儿说的。他们说张××实有其人,他们说他就住在三环路的南边。他们说北京人有一句话:"你有钱!——你有钱能比得了张××吗?"这几位老人都相信:人要发财,这是天意,是命。因此,他们都顺天而知命,与世无争,不做非分之想。他们勤劳了一辈子,恬淡寡欲,心平气和。因此,他们都长寿。

往昔如昨日篇

老舍先生

北京东城乃兹府丰富胡同有一座小院。走进这座小院,就觉得特别安静,异常豁亮。这院子似乎经常布满阳光。院里有两棵不大的柿子树(现在大概已经很大了),到处是花,院里、廊下、屋里,摆得满满的。按季更换,都长得很精神,很滋润,叶子很绿,花开得很旺。这些花都是老舍先生和夫人胡絜青莳弄的。天气晴和,他们把这些花一盆一盆抬到院子里,一身热汗。刮风下雨,又一盆一盆抬进屋,又是一身热汗。老舍先生曾说:"花在人养。"老舍先生爱花,真是到了爱花成性的地步,不是可有可无的了。汤显祖曾说他的词曲"俊得江山助"。老舍先生的文章也可以说是"俊得花枝助"。叶浅予曾用白描为老舍先生画像,四面都是花,老舍先生坐在百花丛中的藤椅里,微仰着头,意态悠远。这张画不是写实,意思恰好。

客人被让进了北屋当中的客厅,老舍先生就从西边的一间屋子走出来。这是老舍先生的书房兼卧室。里面陈设很简单,一桌、一椅、一榻。老舍先生腰不好,习惯睡硬床。老舍先生是文雅的、彬彬有礼的。他的握手是轻轻的,但是很亲切。茶已经沏出色了,老舍先生执壶为客人倒茶。据我的印象,老舍先生总是自己给客人倒茶的。

老舍先生爱喝茶,喝得很勤,而且很酽。他曾告诉我,到莫斯科去开会,旅馆里倒是为他特备了一只暖壶。可是他沏了茶,刚喝了几口,一转眼,服务员就给倒了。"他们不知道,中国人是一天到晚喝茶的!"

有时候,老舍先生正在工作,请客人稍候,你也不会觉得闷得慌。你可以看看花。如果是夏天，就可以闻到一阵一阵香白杏的甜香味儿。一大盘香白杏放在条案上，那是专门为了闻香而摆设的。你还可以站起来看看西壁上挂的画。

老舍先生藏画甚富，大都是精品。所藏齐白石的画可谓"绝品"。壁上所挂的画是时常更换的。挂的时间较久的，是白石老人应老舍先生点题而画的四幅屏。其中一幅是很多人在文章里提到过的"蛙声十里出山泉"。"蛙声"如何画？白石老人只画了一脉活泼的流泉，两旁是乌黑的石崖，画的下端画了几只摆尾的蝌蚪。画刚刚裱起来时，我上老舍先生家去，老舍先生对白石老人的设想赞叹不止。

老舍先生极其爱重齐白石，谈起来时总是充满感情。我所知道的一点白石老人的逸事，大都是从老舍先生那里听来的。老舍先生谈这四幅里原来点的题有一句是苏曼殊的诗（是哪一句我忘记了），要求画卷心的芭蕉。老人踌躇了很久，终于没有应命，因为他想不起芭蕉的心是左旋还是右旋的了，不能胡画。老舍先生说："老人是认真的。"老舍先生谈说起，有一次要拍齐白石的画的电影，想要他拿出几张得意的画来，老人说："没有！"后来由他的学生再三说服动员，他才从画案的隙缝中取出一卷（他是木匠出身，他的画案有他自制的"消息"），外面裹着好几层报纸，写着四个大字："此是废纸。"打开一看，都是惊人的杰作——就是后来纪录片里所拍摄的。白石老人家里人口很多，每天煮饭的米都是老人自己量，用一个香烟罐头。"一下、两下、三下……行了!""再添一点,再添一点!""吃那么多呀!"有人曾提出把老人接出来住,这么大岁数了,不要再操心这样的家庭琐事了。老舍先生知道了,给拦了,说:"别!他这么着惯了。不叫他干这些,他就活不成了。"老舍先生的意见表现了他对人的理解,对一个人生活习惯的尊重,同时也表现了对白石老人真正的关怀。

老舍先生很好客,每天下午,来访的客人不断。作家,画家,戏曲、曲艺演员……老舍先生都是以礼相待,谈得很投机。

每年,老舍先生要把市文联的同仁约到家里聚两次。一次是菊花开的时候,赏菊。一次是他的生日——我记得是腊月二十三。酒菜丰盛,而有特点。酒是"敞开供应",汾酒、竹叶青、伏特加,愿意喝什么喝什么,能喝多少喝多少。有一次很郑重地拿出一瓶葡萄酒,说是毛主席送来的,让大家都喝一点。菜是老舍先生自己搭配的。老舍先生有意请大家尝尝地道的北京风味。我记得有次有一瓷钵芝麻酱炖黄花鱼。这道菜我从未吃过,以后也再没有吃过。老舍先生家的芥末墩是我吃过的最好的芥末墩!有一年,他特意订了两大盒"盒子菜"。直径三尺许的朱红扁圆漆盒,里面分开若干格,装的不过是火腿、腊鸭、小肚、口条之类的切片,但都很精致。熬白菜端上来了,老舍先生举起筷子:"来来来!这才是真正的好东西!"

老舍先生对他下面的干部很了解,也很爱护。当时市文联的干部不多,老舍先生对每个人都相当清楚。他不看干部的档案,也从不找人"个别谈话",只是从平常的谈吐中就了解一个人的水平和才气,那是比看档案要准确得多的。老舍先生爱才,对有才华的青年,常常在各种场合称道,"平生不解藏人善,到处逢人说项斯"。而且所用的语言在有些人听起来是有点过甚其词,不留余地的。老舍先生不是那种惯说模棱两可、含糊其词、温暾水一样的官话的人。我在市文联几年,始终感到领导我们的是一位作家。他和我们的关系是前辈与后辈的关系,不是上下级关系。老舍先生这样"作家领导"的作风在市文联留下很好的影响,大家都平等相处,开诚布公,说话很少顾虑,都有点书生气、书卷气。他的这种领导风格,正是我们今天很多文化单位的领导所缺少的。

老舍先生是市文联的主席,自然也要处理一些"公务",看文件,开会,做报告(也是由别人起草的)……但是作为一个北京市的文化工作的负责人,他常常想着一些别人没有想到或想不到的问题。

北京"解放"前有一些盲艺人,他们沿街卖艺,有的还兼带算命,生活很苦。他们的"玩意儿"和睁眼的艺人不全一样。老舍先生和一些盲艺人熟识,提议把这些盲艺人组织起来,使他们的生活有出路,别让他们的"玩意儿"绝了。为了引起各方面的重视,他把盲艺人请到市文联演唱了一次。老舍先生主持,做了介绍,还特烦两位老艺人翟少平、王秀卿唱了一段《当皮箱》。这是一个喜剧性的牌子曲,里面有一个人物是当铺的掌柜,说山西话;有一个牌子叫"鹦哥调",句尾的和声用喉舌做出有点像母猪拱食的声音,很特别,很逗。这个段子和这个牌子,是睁眼艺人没有的。老舍先生那天显得很兴奋。

北京有一座智化寺,寺里的和尚做法事和其他庙里的不一样,演奏音乐。他们演奏的乐调不同凡响,很古。所用乐谱别人不能识,记谱的符号不是工尺,而是一些奇奇怪怪的笔道。乐器倒也和现在常见的差不多,但主要的乐器却是管。据说这是唐代的"燕乐"。"解放"后,寺里的和尚多半已经各谋生计了,但还能集拢在一起。老舍先生把他们请来,演奏了一次。音乐界的同志对这堂活着的古乐都很感兴趣。老舍先生为此也感到很兴奋。

《当皮箱》和"燕乐"的下文如何,我就不知道了。

老舍先生是历届北京市人民代表。当人民代表就要替人民说话。以前人民代表大会的文件汇编是把代表提案都印出来的。有一年老舍先生的提案是:希望政府解决芝麻酱的供应问题。那一年北京芝麻酱缺货。老舍先生说:"北京人夏天离不开芝麻酱!"不久,北京的油盐店里有芝麻酱卖了,北京人又吃上了香喷喷的麻酱面。

老舍是属于全国人民的,首先是属于北京人的。

一九五四年,我调离北京市文联,以后就很少上老舍先生家里去了。听说他有时还提到我。

金岳霖先生

大石榴

  西南联大有许多很有趣的教授,金岳霖先生是其中的一位。金先生是我的老师沈从文先生的好朋友。沈先生当面和背后都称他为"老金"。大概时常来往的熟朋友都这样称呼他。关于金先生的事,有一些是沈先生告诉我的。我在《沈从文先生在西南联大》一文中提到过金先生。有些事情在那篇文章里没有写进去,觉得还应该写一写。

  金先生的样子有点怪。他常年戴着一顶呢帽,进教室也不脱下。每一

生活，是很有趣的

学年开始，给新的一班学生上课，他的第一句话总是："我的眼睛有毛病，不能摘帽子，并不是对你们不尊重，请原谅。"他的眼睛有什么病，我不知道，只知道怕阳光。因此他的呢帽的前檐压得比较低，脑袋总是微微地仰着。他后来配了一副眼镜，这副眼镜一只的镜片是白的，一只是黑的。这就更怪了。后来在美国讲学期间把眼睛治好了——好一些，眼镜也换了，但那微微仰着脑袋的姿态一直还没有改变。他身材相当高大，经常穿一件烟草黄色的麂皮夹克，天冷了就在里面围一条很长的驼色的羊绒围巾。联大的教授穿衣服是各色各样的。闻一多先生有一阵穿一件样式过时的灰色旧夹袍，是一个亲戚送给他的，领子很高，袖口极窄。联大有一次在龙云的长子、蒋介石的干儿子龙绳武家里开校友会——龙云的长媳是清华校友，闻先生在会上大骂蒋介石！那天穿的就是这件高领窄袖的旧夹袍。朱自清先生有一阵披着一件云南赶马人穿的蓝色毡子的一口钟。除了体育教员，教授里穿夹克的，好像只有金先生一个人。他的眼睛即使是到美国治了后也还是不大好，走起路来有点深一脚浅一脚。他就这样穿着黄夹克，微仰着脑袋，深一脚浅一脚地在联大新校舍的一条土路上走着。

金先生教逻辑。逻辑是西南联大规定文学院一年级学生的必修课，班上学生很多，上课在大教室，坐得满满的。在中学里没有听说有逻辑这门学问，大一的学生对这课很有兴趣。金先生上课有时要提问，那么多的学生，他不能都叫得上名字来——联大是没有点名册的,他有时一上课就宣布:"今天,穿红毛衣的女同学回答问题。"于是所有穿红衣的女同学就都有点紧张,又有点兴奋。那时联大女生在蓝阴丹士林旗袍外面套一件红毛衣成了一种风气——穿蓝毛衣、黄毛衣的极少。问题回答得流利清楚,也是件出风头的事。金先生很注意地听着,完了,说:"Yes!请坐!"

学生也可以提出问题,请金先生解答。学生提的问题深浅不一,金先生有问必答,很耐心。有一个华侨同学叫林国达,操广东普通话,最爱提问题,问题大都奇奇怪怪。他大概觉得逻辑这门学问是挺"玄"的,应该提点怪问题。有一次他又站起来提了一个怪问题,金先生想了一想,说:"林国达同学,我问你一个问题:Mr. Lin Guoda is perpenticular to the blackboard(林国达君垂直于黑板),这是什么意思?"林国达傻了。林国达当然无法垂直于黑板,但这句话在逻辑上没有错误。

林国达游泳淹死了。金先生上课,说:"林国达死了,很不幸。"这一堂课,金先生一直没有笑容。

有一个同学,大概是陈蕴珍,即萧珊,曾问过金先生:"您为什么要搞逻辑?"逻辑课的前一半讲三段论,大前提、小前提、结论、周延、不周延、归纳、演绎……还比较有意思。后半部全是符号,简直像高等数学。她的意思是：这种学问多么枯燥！金先生的回答是："我觉得它很好玩。"

除了文学院大一学生必修逻辑，金先生还开了一门"符号逻辑"，是选修课。这门学问对我来说简直是天书。选这门课的人很少，教室里只有几个人。学生里最突出的是王浩。金先生讲着讲着，有时会停下来，问："王浩，你以为如何？"这堂课就成了他们师生二人的对话。王浩现在在美国。前些年写了一篇关于金先生的较长的文章，大概是论金先生之学的，我没有见到。

王浩和我是相当熟的。他有个要好的朋友王景鹤，和我同在昆明黄土坡一个中学教学，王浩常来玩。来了，常打篮球。大都是吃了午饭就打。王浩管吃了饭就打球叫"练盲肠"。王浩的相貌颇"土"，脑袋很大，剪了一个光头——联大同学剪光头的很少，说话带山东口音。他现在成了洋人——美籍华人，国际知名的学者，我实在想象不出他现在是什么样子。前年他回国讲学，托一个同学要我给他画一张画。我给他画了几个青头菌、牛肝菌、一根大葱，两头蒜，还有一块很大的宣威火腿——火腿是很少入画的。我在画上题了几句话，有一句是"以慰王浩异国乡情"。王浩的学问，原来是师承金先生的。一个人一生哪怕只教出一个好学生，也值得了。当然，金先生的好学生不止一个人。

金先生是研究哲学的，但是他看了很多小说。从普鲁斯特到福尔摩斯，都看。听说他很爱看平江不肖生的《江湖奇侠传》。有几个联大同学住在金鸡巷,陈蕴珍、王树藏、刘北汜、施载宣(萧荻)。楼上有一间小客厅。沈先生有时拉一个熟人去给少数爱好文学、写写东西的同学讲一点什么。金先生有一次也被拉了去。他讲的题目是"小说和哲学"。题目是沈先生给他出的。大家以为金先生一定会讲出一番道理。不料金先生讲了半天,结论却是:小说和哲学没有关系。有人问:"那么《红楼梦》呢?"金先生说:"《红楼梦》里的哲学不是哲学。"他讲着讲着,忽然停下来:"对不起,我这里有个小动物。"他把右手伸进后脖颈,捉出了一个跳蚤,捏在手指里看看,甚为得意。

金先生是个单身汉(联大教授里不少光棍,杨振声先生曾写过一篇游戏文章《释鳏》,在教授间传阅),无儿无女,但是过得自得其乐。他养了一只很大的斗鸡(云南出斗鸡)。这只斗鸡能把脖子伸上来,和金先生一个桌子吃饭。他到处搜罗大梨、大石榴,拿去和别的教授的孩子比赛。比输了,就把梨或石榴送给他的小朋友,他再去买。

金先生朋友很多,除了哲学系的教授外,时常来往的,据我所知,有梁思成、林徽因夫妇,沈从文,张奚若……君子之交淡如水,坐定之后,清茶一杯,闲话片刻而已。金先生对林徽因的谈吐才华,十分欣赏。现在的年轻人多不知道林徽因。她是学建筑的,但是对文学的趣味极高,精于鉴赏,所写的诗和小说如《窗子以外》《九十九度中》风格清新,一时无二。林徽因死后,有一年,金先生在北京饭店请了一次客,老朋友收到通知,都纳闷:老金为什么请客?到了之后,金先生才宣布:"今天是徽因的生日。"

金先生晚年深居简出。毛泽东主席曾经对他说:"你要接触接触社会。"金先生已经八十岁了,怎么接触社会呢?他就和一个蹬平板三轮车的约好,每天蹬着他到王府井一带转一大圈。我想象金先生坐在平板三轮车上东张西望的样子,那情景一定非常有趣。王府井人挤人,熙熙攘攘,谁也不会知道这位东张西望的老人是一位一肚子学问,为人天真、热爱生活的大哲学家。

金先生治学精深,而著作不多。除了一本大学丛书里的《逻辑》,我所知道的,还有一本《论道》。其余还有什么,我不清楚,须问王浩。

我对金先生所知甚少。希望熟知金先生的人把金先生好好写一写。

联大的许多教授都应该有人好好地写一写。

星斗其文　赤子其人

红枫叶

沈先生逝世后，傅汉斯、张充和从美国电传来一副挽词。字是晋人小楷，一看就知道是张充和写的。词想必也是她拟的。只有四句：

不折不从　亦慈亦让
星斗其文　赤子其人

这是嵌字格,但是非常贴切,把沈先生的一生概括得很全面。这位四妹对三姐夫沈二哥真是非常了解——荒芜同志编了一本《我所认识的沈从文》,写得最好的一篇,我以为也应该是张充和写的《三姐夫沈二哥》。

沈先生的血管里有少数民族的血液。他在填履历表时,"民族"一栏里填土家族或苗族都可以,可以由他自由选择。湘西有少数民族血统的人大都有一股蛮劲、狠劲,做什么都要做出一个名堂。黄永玉就是这样的人。沈先生瘦瘦小小的(晚年发胖了),但是有用不完的精力。他小时是个顽童,爱游泳(他叫"游水")。进城后好像就不游了。三姐(师母张兆和)很想看他游一次泳,但是没有看到。我当然更没有看到过。他少年当兵,漂泊转徙,很少连续几晚睡在同一张床上。吃的东西,最好的不过是切成四方的大块猪肉(煮在豆芽菜汤里)。行军、拉船,锻炼出一副极富耐力的体魄。二十岁冒冒失失地闯到北平来,举目无亲。连标点符号都不会用,就想用手中一支笔打出一片天下。经常为弄不到一点东西"消化消化"而发愁。冬天屋里生不起火,用被子围起来,还是不停地写。我一九四六年到上海,因为找不到职业,情绪很坏,他写信把我大骂了一顿,说:"为了一时的困难,就这样哭哭啼啼的,甚至想到要自杀,真是没出息!你手中有一支笔,怕什么!"他在信里说了一些他刚到北京时的情形,同时又叫三姐从苏州写了一封很长的信安慰我。他真的用一支笔打出一片天下了。一个只读过小学的人，竟成了一个大作家，而且积累了那么多的学问，真是一个奇迹。

沈先生很爱用一个别人不常用的词："耐烦"。他说自己不是天才（他应当算是个天才），只是耐烦。他对别人的称赞，也常说"要算耐烦"。看见儿子小虎搞机床设计时，说"要算耐烦"。看见孙女小红做作业时，也说"要算耐烦"。他的"耐烦"，意思就是锲而不舍，不怕费劲。一个时期，沈先生每个月都要发表几篇小说，每年都要出几本书，被称为"多产作家"，但他写东西不是很快的，从来不是一挥而就。他年轻时常常夜以继日地写。他常流鼻血。血液凝聚力差，一流起来不易止住，很怕人。有时夜间写作，竟致晕倒，伏在自己的一摊鼻血里，第二天才被人发现。我就亲眼看到过他的带有鼻血痕迹的手稿。他后来还常流鼻血，不过不那么厉害了。他自己知道，并不惊慌。很奇怪，他连续感冒几天，一流鼻血，感冒就好了。他的作品看起来很轻松自如，若不经意，但都是苦心刻琢出来的。《边城》一共不到七万字，他告诉我，写了半年。他这篇小说是在《国闻周报》上连载的，每期一章。小说共二十一章，21×7=147，我算了算，差不多正是半年。这篇东西是他新婚之后写的，那时他住在达子营。巴金住在他那里。他们每天写，巴老在屋里写，沈先生搬个小桌子，在院子里树荫下写。巴老写了一个长篇，沈先生写了《边城》。他称他的小说为"习作"，并不完全是谦虚。有些小说是为了教创作课给学生示范而写的，因此试验了各种方法。为了教学生写对话，有的小说通篇都用对话组成，如《若墨医生》；有的，一句对话也没有。《月下小景》确是为了履行许给张家小五的诺言"写故事给你看"而写的。同时,当然是为了试验一下"讲故事"的方法(这一组"故事"明显地看得出受了《十日谈》和《一千零一夜》的影响)。同时,也为了试验一下把六朝译经和口语结合的文体。这种试验,后来形成一种他自己说是"文白夹杂"的独特的沈从文体,在二十世纪四十年代的文字(如《烛虚》)中尤为成熟。他的亲戚,语言学家周有光曾说"你的语言是古英语",甚至是拉丁文。沈先生讲创作,不大爱说"结构",他说是"组织"。我也比较喜欢"组织"这个词。"结构"过于理智,"组织"更带感情,较多作者的主观。他曾把一篇小说一条一条地裁开,用不同方法组织,看看哪一种形式更为合适。沈先生爱改自己的文章。他的原稿,一改再改,天头地脚页边,都是修改的字迹,蜘蛛网似的,这里牵出一条,那里牵出一条。作品发表了,改。成书了,改。看到自己的文章,总要改。有时改了多次,反而不如原来的,以至三姐后来不许他改了(三姐是沈先生文集的一个极其细心、极其认真的义务责任编辑)。沈先生的作品写得最快、最顺畅、改得最少的,只有一本《从文自传》。这本自传没有经过冥思苦想,只用了三个星期,一气呵成。

沈先生不大用稿纸写作。在昆明写东西,是用毛笔写在当地出产的竹纸上的,自己折出印子。他也用钢笔,蘸水钢笔。他抓钢笔的手势有点像抓毛笔(这一点可以证明他不是洋学堂出身)。《长河》就是用钢笔写的,写在一个硬面的练习簿上，直行，两面写。他的原稿的字很清楚，不潦草，但写的是行书。不熟悉他的字体的排字工人会感到困难。他晚年写信写文章爱用秃笔淡墨。用秃笔写那样小的字，不但清楚，而且顿挫有致，真是一个功夫。

沈先生很爱他的家乡。他的《湘西》《湘行散记》和许多篇小说可以作证。他不止一次和我谈起棉花坡，谈起枫树坳———一到秋天满城落了枫树的红叶。一说起来，不胜神往。黄永玉画过一张凤凰沈家门外的小巷，屋顶墙壁颇零乱，有大朵大朵的红花——不知是不是夹竹桃，画面颜色很浓，水汽泱泱。沈先生很喜欢这张画，说："就是这样！"八十岁那年，他和三姐一同回了一次凤凰，领着她看了他小说中所写的各处，都还没有大变样。家乡人闻知沈从文回来了，简直不知怎样招待才好。他说："他们为我捉了一只锦鸡！"锦鸡毛羽很好看，他很爱那只锦鸡，还抱着它照了一张相，后来知道竟做了他的盘中餐，对三姐说："真煞风景！"锦鸡肉并不怎么好吃。沈先生说及时大笑，但也表现出对乡人的殷勤十分感激。他在家乡听了傩戏，这是一种古调犹存的很老的弋阳腔。打鼓的是一位七十多岁的老人，他对年轻人打鼓失去旧范很不以为然。沈先生听了，说："这是楚声，楚声！"他动情地听着"楚声"，泪流满面。

沈先生八十岁生日，我曾写了一首诗送他，开头两句是：

犹及回乡听楚声,

此身虽在总堪惊。

端木蕻良看到这首诗,认为"犹及"二字很好。我写下来的时候就有点觉得这不大吉利,没想到沈先生再也不能回家乡听一次了!他的家乡每年有人来看他,沈先生非常亲切地和他们谈话,一坐就是半天。每当家乡人来了,原来在座的朋友或学生就只有退避在一边,听他们谈话。沈先生很好客,朋友很多。老一辈的有林宰平、徐志摩。沈先生提及他们时充满感情。没有他们的提携,沈先生也许就可能当了警察,或者在马路旁边"瘪了"。我认识他后,他经常来往的有杨振声、张奚若、金岳霖、朱光潜诸先生、梁思成和林徽因夫妇。他们的交往真是君子之交,既无朋党色彩,也无酒食征逐。清茶一杯,闲谈片刻。杨先生有一次托沈先生带信,让我到他在南锣鼓巷的住处去,我以为有什么事。去了,只是他自己动手给我煮一杯咖啡,让我看一本他收藏的姚茫父的册页。这册页的芯子只有火柴盒那样大,横的,是山水,用极富金石味的墨线勾轮廓,设极重的青绿,真是妙品。杨先生对待我这个初露头角的学生如此,则其接待沈先生的情形可知。杨先生和沈先生夫妇曾在颐和园住过一个时期,想来也不过是清晨或黄昏到后山谐趣园一带走走,看看湖里的金丝莲,或写出一张得意的字来,互相欣赏欣赏,其余时间各自在屋里读书做事,如此而已。沈先生对青年的帮助真是不遗余力。他曾经自己出钱为一个诗人出了第一本诗集。一九四七年,诗人柯原的父亲故去,家中欠了一笔债,沈先生提出卖字来帮助他。《益世报》登出了沈从文卖字的启事,买字的可定出规格,而将价款直接寄给诗人。柯原一九八〇年去看沈先生,沈先生才记起有这回事。他对学生的作品细心修改,寄给相熟的报刊,尽量争取发表。他这辈子为学生寄稿的邮费,加起来是一个相当可观的数字。抗战时期,通货膨胀,邮费也不断涨,往往寄一封信,信封正面反面都得贴满邮票。为了省一点邮费,沈先生总是把稿纸的天头地脚页边都裁去,只留一个稿芯,这样分量轻一点。稿子发表了,稿费寄来,他必为亲自送去。李霖灿在丽江画玉龙雪山,他的画都是寄到昆明,由沈先生代为出手的。我在昆明写的稿子,几乎无一篇不是他寄出去的。一九四六年,郑振铎、李健吾先生在上海创办《文艺复兴》,沈先生把我的《小学校的钟声》和《复仇》寄去。这两篇稿子写出已经有几年,当时无地方可发表。稿子是用毛笔楷书写在学生作文的绿格本上的,郑先生收到,发现稿纸上已经叫蠹虫蛀了好些洞,使他大为激动。沈先生对我这个学生是很喜欢的。为了躲避日本飞机空袭,他们全家有一阵住在呈贡新街,后迁到跑马山桃源新村。沈先生有课时进城住两三天。他进城时,我都去看他。交稿子,看他收藏的宝贝,借书。沈先生的书是为了自己看,也为了借给别人看的。"借书一痴,还书一痴",借书的痴子不少,还书的痴子可不多。有些书借出去一去无踪。有一次晚上,我喝得烂醉,坐在路边,沈先生到一处演讲回来,以为是一个难民,生了病,走近看看,是我!他和两个同学把我扶到他住处,灌了好些酽茶，我才醒过来。有一回我去看他，牙疼，腮帮子肿得老高。沈先生开了门，一看，一句话没说，出去买了几个大橘子抱着回来了。沈先生的家庭是我见到的最好的家庭，随时都在亲切和谐的气氛中。两个儿子，小龙小虎，兄弟怡怡。他们都很高尚清白，无丝毫庸俗习气，无一句粗鄙言语——他们都很幽默，但幽默得很温雅。一家人于钱上都看得很淡。《沈从文文集》的稿费寄到，九千多元，大概开过家庭会议，又从存款中取出几百元，凑成一万，寄到家乡办学。沈先生也有生气的时候，也有极度烦恼痛苦的时候，在昆明，在北京，我都见到过，但多数时候都是笑眯眯的。他总是用一种善意的、含情的微笑，来看这个世界的一切。到了晚年，他喜欢放声大笑，笑得合不拢嘴，且摆动双手作势，真像一个孩子。只有看破一切人事乘除、得失荣辱，全置之度外，心地明净无渣滓的人，才能这样畅快地大笑。

沈先生二十世纪五十年代后放下写小说散文的笔（偶然还写一点，笔下仍极活泼，如写纪念陈翔鹤的文章，实写得极好），改业钻研文物，而且钻出了很大的名堂，不少中国人、外国人都很奇怪。实不奇怪。沈先生很早就对历史文物有很大兴趣。他写的关于展子虔游春图的文章，我以为是一篇重要的文章，从人物服装颜色式样考订图画的年代的真伪，是其他鉴赏家所未注意的方法。他关于书法的文章，特别是对宋四家的看法，很有见地。在昆明，我陪他去遛街，总要看看市招，到裱画店看看字画。昆明市政府对面有一堵大照壁，写满了一壁字（内容已不记得，大概不外是总理遗训），字有七八寸见方大，用二爨掺一点北魏造像题记笔意，白墙蓝字，是一位无名书家写的，写得实在好。我们每次经过，都要去看看。昆明有一位书法家叫吴忠荩，字写得极多，很多人家都有他的字，家家裱画店都有他的刚刚裱好的字。字写得很熟练，行书，只是用笔枯扁，结体少变化。沈先生还去看过他，说"这位老先生写了一辈子字"！意思颇为他水平受到限制而惋惜。昆明碰碰撞撞都可见到黑漆金字抱柱楹联上钱南园的四方大颜字，也还值得一看。沈先生到北京后即喜欢搜集瓷器。有一个时期，他家用的餐具都是很名贵的旧瓷器，只是不配套，因为是一件一件买回来的。他一度专门搜集青花瓷。买到手，过一阵就送人。西南联大好几位助教、研究生结婚时都收到沈先生送的雍正青花的茶杯或酒杯。沈先生对陶瓷赏鉴极精，一眼就知是什么朝代的。一个朋友送我一个梨皮色釉的粗瓷盒子，我拿去给他看，他说："元朝东西，民间窑！"有一阵搜集旧纸，大都是乾隆以前的。多是染过色的，瓷青的、豆绿的、水红的，触手细腻到像煮熟的鸡蛋白外的薄皮，真是美极了。至于茧纸、高丽发笺，那是凡品了（他搜集旧纸，但自己舍不得用来写字。晚年写字用糊窗户的高丽纸，他说："我的字值三分钱。"）。

在昆明，沈先生搜集了一阵耿马漆盒。这种漆盒昆明的地摊上很容易买到，且不贵。沈先生搜集器物的原则是"人弃我取"。其实这种竹胎的，涂红黑两色漆，刮出极繁复而奇异的花纹的圆盒是很美的。装点心，装花生米,装邮票杂物均合适,放在桌上也是个摆设。这种漆盒也都陆续送人了。客人来,坐一阵,临走时大都能带走一个漆盒。有一阵研究中国丝绸,弄到许多大藏经的封面,各种颜色都有:宝蓝的、茶褐的、肉色的,花纹也是各式各样。沈先生后来写了一本《中国丝绸图案》。有一阵研究刺绣。除了衣服、裙子,弄了好多扇套、眼镜盒、香袋。不知他是从哪里"寻摸"来的。这些绣品的针法真是多种多样。我只记得有一种绣法叫"打子",是用一个一个丝线疙瘩缀出来的。他给我看一种绣品,叫"七色晕",用七种颜色的绒绣成一个团花,看了真叫人发晕。他搜集、研究这些东西,不是为了消遣,是从发现、证实中国历史文化的优越这个角度出发的,研究时充满感情。我在他八十岁生日写给他的诗里有一联:

玩物从来非丧志,

著书老去为抒情。

这全是纪实。沈先生提及某种文物时常是赞叹不已。马王堆那副不到一两重的纱衣,他不知说了多少次。刺绣用的金线原来是盲人用一把刀,全凭手感,就金箔上切割出来的。他说起时非常感动。有一个木俑(大概是楚俑)一尺多高,衣服非常特别:上衣的一半(连同袖子)是黑色,一半是红的;下裳正好相反,一半是红的,一半是黑的。沈先生说:"这真是现代派！"如果照这样式（一点不用修改）做一件时装，拿到巴黎去，由一个长身细腰的模特儿穿起来，到表演台上转那么一转，准能把全巴黎都镇了！他平生搜集的文物，在他生前全都分别捐给了几个博物馆、工艺美术院校和工艺美术工厂，连收条都不要一个。

沈先生自奉甚薄。穿衣服从不讲究。他在《湘行散记》里说他穿了一件细毛料的长衫，这件长衫我可没见过。我见他时，他总是穿一件洗得褪了色的蓝布长衫，夹着一摞书，匆匆忙忙地走。新中国成立后是蓝卡其布或涤卡的干部服，黑灯芯绒的"懒汉鞋"。有一年做了一件皮大衣（我记得是从房东手里买的一件旧皮袍改制的，灰色粗线呢面），他穿在身上，说是很暖和，高兴得像一个孩子。吃得很清淡。我没见他下过一次馆子。在昆明，我到文林街二十号他的宿舍去看他，到吃饭时总是到对面米线铺吃一碗一角三分钱的米线。有时加一个西红柿，打一个鸡蛋，超不过两角五分。三姐是会做菜的，会做八宝糯米鸭，炖在一个大砂锅里，但不常做。他们住在中老胡同时，有时张充和骑自行车到前门月盛斋买一包烧羊肉回来，就算加了菜了。在小羊宜宾胡同时，常吃的不外是炒四川的菜头，炒慈姑。沈先生爱吃慈姑，说"这个好，比土豆'格'高"。他在《自传》中说他很会炖狗肉，我在昆明、在北京都没见他炖过一次。有一次他到他的助手王亚蓉家去，先来看看我（王亚蓉住在我们家马路对面——他七十多了，血压高到二百多，

虎耳草

还常为了一点研究资料上的小事到处跑),我让他过一会儿来吃饭。他带来一卷画,是古代马戏图的摹本,实在是很精彩。他非常得意地问我的女儿:"精彩吧?"那天我给他做了一只烧羊腿、一条鱼。他回家一再向三姐称道:"真好吃。"他经常吃的荤菜是猪头肉。

　　沈先生的丧事十分简单。他凡事不喜张扬,最反对搞个人的纪念活动。反对"办生做寿"。他生前累次嘱咐家人,他死后,不开追悼会,不举行遗体告别。但火化之前,总要有一点仪式。新华社消息的标题是沈从文告别亲友和读者,是合适的。只通知少数亲友。有一些景仰他的人是未接通知自己去的。不收花圈,只有约二十多个布满鲜花的花篮,很大的白色的百合花、康乃馨、菊花、菖兰。参加仪式的人也不戴纸制的白花,但每人发给一枝半开的月季,行礼后放在遗体边。不放哀乐,放沈先生生前喜爱的音乐,如贝多芬的"悲怆"奏鸣曲等。沈先生面色如生,很安详地躺着。我走近他身边,看着他,久久不能离开。这样一个人,就这样地去了。我看他一眼,又看一眼,我哭了。

　　沈先生家有一盆虎耳草,种在一个椭圆形的小小钧窑盆里。很多人不认识这种草。这就是《边城》里翠翠在梦里采摘的那种草,沈先生喜欢的草。

闻一多先生

闻先生性格强烈坚毅。日寇南侵,清华、北大、南开合成临时大学,在长沙少驻,后改为西南联合大学,将往云南。一部分师生组成步行团,闻先生参加步行,万里长征,他把胡子留了起来,声言:抗战不胜,誓不剃须。他的胡子只有下巴上有,是所谓"山羊胡子",而上髭浓黑,近似"一"字。他的嘴唇稍薄微扁,目光灼灼。有一张闻先生的木刻像,回头侧身,口衔烟斗,用炽热而又严冷的目光审视着现实,很能表达闻先生的内心世界。

联大迁到云南后,先在蒙自待了一年。闻先生还在专心治学,把自己整天关在图书馆里。图书馆在楼上。那时不少教授爱起斋名,如朱自清先生的斋名叫"贤于博弈斋",魏建功先生的书斋叫"学无不暇",有一位教授戏赠闻先生一个斋主的名称:"何妨一下楼主人"。因为闻先生总不下楼。

西南联大校舍安排停当,学校即迁至昆明。

我在读西南联大时,闻先生先后开过三门课:楚辞、唐诗、古代神话。

楚辞班人不多。闻先生点燃烟斗,我们能抽烟的也点着了烟(闻先生的课是可以抽烟的),闻先生打开笔记,开讲:"痛饮酒,熟读《离骚》,乃可以为名士。"闻先生的笔记本很大,长一尺有半,宽近一尺,是写在特制的毛边纸稿纸上的。字是正楷,字体略长,一笔不苟。他写字有一特点,是爱用秃笔。别人用过的废笔,他都收集起来。秃笔写篆楷蝇头小字,真是一个功夫。我跟闻先生读一年楚辞，真读懂的只有两句"袅袅兮秋风，洞庭波兮木叶下"。也许还可加上几句："成礼兮会鼓，传葩兮代舞，春兰兮秋菊，长毋绝兮终古。"

闻先生教古代神话，非常"叫座"。不单是中文系的、文学院的学生来听讲，连理学院、工学院的同学也来听。工学院在拓东路，文学院在大西门，听一堂课得穿过整整一座昆明城。闻先生讲课"图文并茂"。他用整张的毛边纸墨画出伏羲、女娲的各种画像，用摁钉钉在黑板上，口讲指画，有声有色，条理严密，文采斐然，高低抑扬，引人入胜。闻先生是一个好演员。伏羲女娲，本来是相当枯燥的课题，但听闻先生讲课让人感到一种美，思想的美，逻辑的美，才华的美。听这样的课，穿一座城，也值得。

能够像闻先生那样讲唐诗的，并世无第二人。他也讲初唐四杰、大历十才子、《河岳英灵集》，但是讲得最多，也讲得最好的，是晚唐。他把晚唐诗和后期印象派的画联系起来。讲李贺，同时讲到印象派里的Pointlism（点画派），说点画看起来只是不同颜色的点，这些点似乎不相连属，但凝视之，则可感觉到点与点之间的内在联系。这样讲唐诗，必须本人既是诗人，也是画家，有谁能办到？闻先生讲唐诗的妙悟，应该记录下来。我是个大大咧咧的人，上课从不记笔记。听说比我高一班的同学郑临川记录了，而且整理成一本《闻一多论唐诗》，出版了，这是大好事。

我颇具歪才，善能胡诌，闻先生很欣赏我。我曾替一个比我低一班的同学代笔写了一篇关于李贺的读书报告——西南联大一般课程都不考试，只于学期终了时交一篇读书报告即可给学分。闻先生看了这篇读书报告后，对那位同学说："你的报告写得很好，比汪曾祺写得还好！"其实我写李贺，只写了一点：别人的诗都是画在白底子上的画，李贺的诗是画在黑底子上的画，故颜色特别浓烈。这也是西南联大许多教授对学生鉴别的标准：不怕新，不怕怪，而不尚平庸，不喜欢人云亦云，只抄书，无创见。

赵树理同志二三事

夜宵

赵树理同志身高而瘦。面长鼻直，额头很高。眉细而微弯，眼狭长，与人相对，特别是倾听别人说话时，眼角常若含笑。听到什么有趣的事，也会咕咕地笑出声来。有时他自己想到什么有趣的事，也会咕咕地笑起来。赵树理是个非常富于幽默感的人。他的幽默是农民式的幽默，聪明，精细而含蓄，不是存心逗乐，也不带尖刻伤人的芒刺，温和而有善意。他只是随时觉得生活很好玩，某人某事很有意思，可发一笑，不禁莞尔。他的幽默感在他的作品里和他的脸上随时可见（我很希望有人写一篇文章，专谈赵树理小说中的幽默感，我以为这是他的小说的一个很大的特点）。赵树理走路比较快（他的腿长；他的身体各部分都偏长，手指也长），总好像在侧着身子往前走，像是穿行在热闹的集市的人丛中，怕碰着别人，给别人让路。赵树理同志是我见到过的最没有架子的作家，一个让人感到亲切的、妩媚的作家。

树理同志衣着朴素，一年四季，总是一身蓝卡其布的制服。但是他有一件很豪华的"行头"，一件水獭皮领子、礼服呢面的狐皮大衣。他身体不好，怕冷，冬天出门就穿起这件大衣来。那是刚"进城"的时候买的。那时这样的大衣很便宜，拍卖行里总挂着几件。奇怪的是他下乡体验生活，回到上党农村，也是穿了这件大衣去。那时作家下乡，总得穿得像个农民，至少像个村干部，哪有穿了水獭领子狐皮大衣下去的？可是家乡的农民并不因为这件大衣就和他疏远隔阂起来，赵树理还是他们的"老赵"，老老少少，还是跟他无话不谈。看来，能否接近农民，不在衣裳。但是敢于穿了狐皮大衣而不怕农民见外的，恐怕也只有赵树理同志一人而已——他根本就没有考虑穿什么衣服"下去"的问题。

树理同志吃得很随便。家眷未到之前，他每天出去"打游击"。他总是吃最小的饭馆。霞公府（他在霞公府市文联宿舍住了几年）附近有几家小饭馆，树理同志是常客。这种小饭馆只有几个菜。最贵的菜是小碗坛子肉，最便宜的菜是"炒和菜盖被窝"——菠菜炒粉条，上面盖一层薄薄的摊鸡蛋。树理同志常吃的菜便是炒和菜盖被窝。他工作到很晚，每天十点多钟要出去吃夜宵。和霞公府相平行的一个胡同里有一溜卖夜宵的摊子。树理同志往长板凳上一坐，要一碗馄饨，两个烧饼夹猪头肉，喝二两酒，自得其乐。

喝了酒，树理同志不即回宿舍，坐在传达室，用两个指头当鼓箭，在一张三屉桌上打鼓。他打的是上党梆子的鼓。上党梆子的锣经和京剧不一样，很特别。如果有外人来，看到一个长长脸的中年人，在那里如醉如痴地打鼓，绝不会想到这就是作家赵树理。

赵树理是一个多才多艺的农村才子。王春同志在一篇文章中提到过树理同志曾在一个集上一个人唱了一台戏：口念锣经过门，手脚并用作身段，还误不了唱。这是可信的。我就亲眼见过树理同志在市文联内部晚会上表演过起霸。见过高盛麟、孙毓起霸的同志，对他的上党起霸不是那么欣赏，他还是口念锣经，一丝不苟地起了一趟"全霸"，并不是比画两下就算完事。虽是逢场作戏，但是也像他写小说、编刊物一样认真。

赵树理同志很能喝酒，而且善于划拳。他的划拳是一绝：两只手同时用,一会儿出右手,一会儿出左手。老舍先生那几年每年要请两次客,把市文联的同志约去喝酒。一次是秋天,菊花盛开的时候,赏菊(老舍先生家的菊花养得很好,他有个哥哥,精于艺菊,称得起是个"花把式");一次是腊月二十三,那天是老舍先生的生日。酒、菜都很丰盛且有北京特点。老舍先生豪饮(后来因血压高戒了酒),而且划拳极精。老舍先生划拳打通关,很少输的时候。划拳是个斗心眼的事,要琢磨对方的拳路,判定他会出什么拳。年轻人斗不过他,常常是第一个"俩好"就把小伙子"一板打死"。对赵树理,他可没有办法,树理同志这种左右开弓的拳法,他大概还没有见过,很不适应,结果往往败北。

赵树理同志讲话很"随便"。那一阵很多人把中国农村说得过于美好,文艺作品尤多粉饰,他很有意见。他经常回家乡,回来总要做一次报告,说说农村见闻。他认为农村还是很穷,日子过得很艰难。他戏称他戴的一块表为"五驴表",说这块表的钱在农村可以买五头毛驴——那时候谁家能买五头毛驴,算是了不起的富户了。他的这些话是不合时宜的,后来挨了批评,以后说话就谨慎一点了。

赵树理同志抽烟抽得很凶。据王春同志的文章说,在农村的时候,嫌烟袋锅子抽了不过瘾,用一个山药蛋挖空了,插一根小竹管,装了一"蛋"

烟袋

烟,狂抽几口,才算解气。进城后,他抽烟卷,但总是抽最次的烟。他抽的是什么牌子的烟,我不记得了,只记得是棕黄的皮儿,烟味极辛辣。他逢人介绍这种牌子的烟,说是价廉物美。

赵树理同志担任《说说唱唱》的副主编,不是挂一个名,他每期都自己看稿、改稿。常常到了快该发稿的日期,还没有合用的稿子,他就把经过初、二审的稿子抱到屋里去,一篇一篇地看,差一点的,就丢在一边,弄得满室狼藉。忽然发现一篇好稿,就欣喜若狂,即交编辑部发出。他把这种编辑方法叫作"绝处逢生法"。有时实在没有较好的稿子,就由编委之一的自己动手写一篇。有一次没有像样的稿子,大概是康濯同志说:"老赵,你自己搞一篇!"老赵于是关起门来炮制。《登记》(即《罗汉钱》)就是在这种等米下锅的情况下急就出来的。

赵树理同志的稿子写得很干净清楚,几乎不改一个字。他对文字有"洁癖",容不得一个看了不舒服的字。有一个时候,有人爱用"妳"字。有的编辑也喜欢把作者原来用的"你"改"妳"。树理同志为此极为生气。两个人对面说话,本无须标明对方是不是女性。世界语言中第二人称代名词也极少分性别的。"妳"字读"奶",不读"你"。有一次树理同志在他的原稿第一页页边写了几句话:"编辑、排版、校对同志注意:文中所有'你'字一律不得改为'妳'字,否则要负法律责任。"

树理同志的字写得很好。他写稿一般都用红格直行的稿纸,钢笔。字体略长,如其人,看得出是欧字、柳字的底子。他平常不大用毛笔。他的毛笔字我只见过一幅,字极潇洒,而有功力。是在劳动人民文化宫见到的。劳动人民文化宫刚成立,负责"宫务"的同志请十几位作家用宣纸毛笔题词,嵌

以镜框,挂在会议室里。也请树理同志写了一幅。树理同志写了六句李有才体的通俗诗:

古来数谁大,

皇帝老祖宗。

如今数谁大,

劳动众弟兄。

还是这座庙,(劳动人民文化宫原是太庙)

换了主人翁!

多年父子成兄弟

这是我父亲的一句名言。

父亲是个绝顶聪明的人。他是画家,会刻图章,画写意花卉。图章初宗浙派,中年后治汉印。他会摆弄各种乐器,弹琵琶,拉胡琴,笙箫管笛,无一不通。他认为乐器中最难的其实是胡琴,看起来简单,只有两根弦,但是变化很多,两手都要有功夫。他拉的是老派胡琴,弓子硬,松香滴得很厚——现在拉胡琴的松香都只滴了薄薄的一层。他的胡琴音色刚亮。胡琴码子都是他自己刻的,他认为买来的不中使。他养蟋蟀,养金铃子。他养过花,他养的一盆素心兰在我母亲病故那年死了,从此他就不再养花。我母亲死后,他亲手给她做了几箱子冥衣——我们那里有烧冥衣的风俗。按照母亲生前的喜好,选购了各种花素色纸做衣料,单夹皮棉,四时不缺。他做的皮衣能分得出小麦穗羊羔、灰鼠、狐肷。

父亲是个很随和的人,我很少见他发过脾气,对待子女,从无疾言厉色。他爱孩子,喜欢孩子,爱跟孩子玩,带着孩子玩。我的姑妈称他为"孩子头"。春天,不到清明,他领一群孩子到麦田里放风筝。放的是他自己糊的蜈蚣(我们那里叫"百脚"),是用染了色的绢糊的。放风筝的线是胡琴的老弦。老弦结实而轻,这样风筝可笔直地飞上去,没有"肚儿"。用胡琴弦放风筝,我还未见过第二人。清明节前,小麦还没有"起身",是不怕践踏的,而且越踏会越长得旺。孩子们在屋里闷了一冬天,在春天的田野里奔

西瓜灯

跑跳跃,身心都极其畅快。他用钻石刀把玻璃裁成不同形状的小块,再一块一块逗拢,接缝处用胶水粘牢,做成小桥、小亭子、八角玲珑水晶球。桥、亭、球是中空的,里面养了金铃子。从外面可以看到金铃子在里面自在爬行,振翅鸣叫。他会做各种灯。用浅绿透明的"鱼鳞纸"扎了一只纺织娘,栩栩如生。用西洋红染了色,上深下浅,通草做花瓣,做了一个重瓣荷花灯,真是美极了。用小西瓜(这是拉秧的小瓜,因其小,不中吃,叫作"打瓜"或"筥瓜")上开小口,挖净瓜瓤,在瓜皮上雕镂出极细的花纹,做成西瓜灯。我们在这些灯里点了蜡烛,穿街过巷,邻居的孩子都跟过来看,非常羡慕。

父亲对我的学业是关心的,但不强求。我小时候,国文成绩一直是全班第一。我的作文,时得佳评,他就拿出去到处给人看。我的数学不好,他也不责怪,只要能及格,就行了。他画画,我小时也喜欢画画,但他从不指点我。他画画时,我在旁边看。其余时间由我自己乱翻画谱,瞎抹。我对写意花卉那时还不大会欣赏,只是画一些鲜艳的大桃子,或者我从来没有见过的瀑布。我小时字写得不错,他倒是给我出过一点主意。在我写过一阵《圭峰碑》和《多宝塔》以后,他建议我写写《张猛龙》。这建议是很好的,到现在我写的字还有《张猛龙》的影响。我初中时爱唱戏,唱青衣,我的嗓子很好,高亮甜润。在家里,他拉胡琴,我唱。我的同学里有几个能唱戏的。学校开同乐会,他应我的邀请,到学校去伴奏。几个同学都只是清唱。有一个姓费的同学借到一顶纱帽,一件蓝官衣,扮起来唱《朱砂井》,但是没有配角,没有衙役,没有犯人,只是一个赵廉,摇着马鞭在台上走了两圈,唱了一段"郡坞县在马上心神不定",便完事下场。父亲那么大的人陪着几个孩子玩了一下午,还挺高兴。我十七岁初恋,暑假里,在家写情书,他在一旁瞎出主意!我十几岁就学会了抽烟喝酒。他喝酒,给我也倒一杯。抽烟,一次抽出两根他一根我一根,他还总是先给我点上火。我们的这种关系,他人或以为怪。父亲说:"我们是多年父子成兄弟。"

我和儿子的关系也是不错的。我戴了"右派分子"的帽子下放张家口农村劳动,他那时从幼儿园刚毕业,刚刚学会汉语拼音,用汉语拼音给我写了第一封信。我也只好赶紧学会汉语拼音,好给他写回信。"文化大革命"期间,我被打成"黑帮",关进"牛棚"。偶尔回家,孩子们对我还是很亲热。我的老伴告诫他们:"你们要和爸爸'划清界限'。"儿子反问母亲:"那你怎么还给他打酒?"只有一件事,两代之间,曾有分歧。他下放山西忻县"插队落户"。按规定,春节可以回京探亲,我们等着他回来。不料他同时带回了一个同学。他这个同学的父亲是一位正受林彪迫害,搞得人囚家破的空军将领。这个同学在北京已经没有家,按照大队的规定是不能回北京的,但是这孩子很想回北京,在一伙同学的秘密帮助下,我的儿子就偷偷地把他带回来了。他连"临时户口"也不能上,是个"黑人",我们留他在家住,等于"窝藏"了他。公安局随时可以来查户口,街道办事处的大妈也可能举报。当时人人自危,自顾不暇,儿子惹了这么一个麻烦,使我们非常为难。我和老伴把他叫到我们的卧室,对他的冒失行为表示很不满,我责备他:"怎么事前也不和我们商量一下!"我的儿子哭了,哭得很委屈,很伤心。我们当时立刻明白了:他是对的,我们是错的。我们这种怕担干系的思想是庸俗的。我们对儿子和同学之间的义气缺乏理解，对他的感情不够尊重。他的同学在我们家一直住了四十多天，才离去。

对儿子的几次恋爱，我采取的态度是"闻而不问"，了解，但不干涉。我们相信他自己的选择，他的决定。最后，他悄悄和一个小学时期的女同学好上了，结了婚。有了一个女儿，已近七岁。

我的孩子有时叫我"爸"，有时叫我"老头子"！连我的孙女也跟着叫。我的亲家母说这孩子"没大没小"。我觉得一个现代的、充满人情味的家庭，首先必须做到"没大没小"。父母让人敬畏，儿女"笔管条直"，最没有意思。

儿女是属于他们自己的。他们的现在，和他们的未来，都应由他们自己来设计。一个想用自己理想的模式塑造自己的孩子的父亲是愚蠢的，而且，可恶！另外，作为一个父亲，应该尽量保持一点童心。

我的家

十年前我回了一次家乡,一天闲走,去看了看老家的旧址,发现我们那个家原来是不算小的。我家的大门开在科甲巷(不知道为什么这条巷子起了这么个名字,其实这巷里除了我的曾祖父中过一名举人,我的祖父中过拔贡外,没有别的人家有过功名),而在西边的竺家巷有一个后门。我的家即在这两条巷子之间。临街是铺面。从科甲巷口到竺家巷口,计有这么几家店铺:一家豆腐店,一家南货店,一家烧饼店,一家棉席店,一家药店,一家烟店,一家糕店,一家剃头店,一家布店。我们家在这些店铺的后面,占地多少平方米我不知道,但总是不小的,住起来是相当宽敞的。

这所老宅子分作东西两截,或两区。东边住着祖父母(我们叫"太爷""太太")和大房——大伯父一家。西边是二房(我的二伯母)和三房——我父亲的一家。东西地势相差约有三尺,由东边到西边要上几层台阶。

正屋的东边的套间住着太爷、太太,西边是大伯父和大伯母(我们叫"大爷""大妈")。中间是一个堂屋,因为敬神祭祖都在这间堂屋里,所以叫作"正堂屋"。正堂屋北面靠墙是一个很大的"老爷柜",即神案,但我们那里都叫作"老爷柜",这东西也确实是一个很长的大柜,中间和两边都有抽屉,下面还有钉了铜环的柜门。老爷柜上,当中供的是家神菩萨,左边是文昌帝君神位,右边是祖宗龛——一个细木雕琢的像小庙一样的东西,里面放着祖宗的牌位——神主。这正堂屋大概是我的曾祖父手里盖的,因为两边板壁上贴着他中秀才、中举人的报条。有年头了。原来大概是相当恢宏的。庭柱很粗,是"布灰布漆"的——木柱外涂瓦灰,裹以夏布,再施黑漆。到我记事时漆灰多处已经剥落。这间老堂屋的铺地的箩底砖(方砖)的边角都磨圆了,而且特别容易返潮。天将下雨,砖地上就是潮乎乎的。若遇连阴天,地面简直像涂了一层油,滑的。我很小就知道"础润而雨"。用不着看柱础,从正堂屋砖地,就知道雨一时半会儿晴不了。一想到正堂屋,总会想到下雨,有时接连下几天,真是烦人。雨老不停,我的一个堂姐就会剪一个纸人贴在墙上,这纸人一手拿着簸箕,一手拿笤帚,风一吹,就摇动起来,叫"扫晴娘"。也真奇怪,扫晴娘扫了一天,第二天多少会放晴。

这间正堂屋的用处是:过年时敬神,清明祭祖。祭祖时在正中的方桌上放一大碗饭,这碗特别的大,有一个小号洗脸盆那样大,很厚,是白色的古瓷的,除了祭祖装饭外,不做别的用处。饭压得很实,鼓起如坟头,上面插了好多双红漆的筷子。筷子插多少双,是有定数的,这事总是由我的祖母做。另有四样祭菜。有一盘白切肉,一盘方块粉——绿豆粉,切成名片大小,三分厚。这方块粉在祭祖后分给两房。这粉一点味道都没有,实在不好吃,所以我一直记得。其余两样祭菜已无印象。十月朝(旧历十月初一)"烧包子",即北方的"送寒衣"。一个一个纸口袋,内装纸钱,包上写明各代考妣冥中收用,一袋一袋排在祭桌前,下面铺一层稻草。磕头之后,由大爷点火焚化。每年除夕，要在这方桌上吃一顿团圆饭。我们家吃饭的制度是：一口锅里盛饭，大房、三房都吃同一锅饭，以示并未分家；菜则各房自炒，又似分爨。但大年三十晚上，祖父和两房男丁要同桌吃一顿。菜都是太太手制的。照例有一大碗鸭羹汤，鸭丁、山药丁、慈姑丁合烩。这鸭羹汤很好吃，平常不做，据说是徽州做法。我们的老家是徽州（姓汪的很多人的老家都是徽州），我们家有些菜的做法还保持徽州传统。比如肉丸蘸糯米蒸熟，有些地方叫珍珠丸子或蓑衣丸子，我们家则叫"徽团"。

我对大堂屋有一点特殊的记忆，是我曾在这里当过一回孝子。我的二伯父（二爷）死得早，立嗣时经过一番讨论。按说应该由长房次子，我的堂弟曾炜过继，但我的二伯母（二妈）不同意，她要我，因为她和我的生母感情很好，从小喜欢我。我是次房长子，长子过继，不合古理。后来是定了一个折中方案，曾炜和我都过继给二妈，一个是"派继"，一个是"爱继"。二妈死后，娘家提了一些条件，一是指定要用我祖父的寿材盛殓。太爷五十岁时就打好了寿材，逐年加漆，漆皮已经很厚了。因为二妈是年轻守节，娘家提出，不能不同意。一是要在正堂屋停灵，也只好同意了（本来上有老人，是不该在正屋停灵的）。我和曾炜于是履行孝子的职责，亲视含殓（围着棺材走一圈），戴孝披麻，一切如制。最有意思的是逢七的时候得陪张牌李牌吃饭。逢七，鬼魂要回来接受烧纸，由两个鬼役送回来。这两个鬼役即张牌李牌。一个较大的方杌凳,两副筷子,一碟白肉,一碟豆腐,两杯淡酒。我和曾炜各用一个小板凳陪着坐一会儿。陪鬼役吃饭,我还是头一回。六七开吊,我是孝子一直在场,所以能看到全部过程。家里办丧事,气氛和平常全不一样,所有的人都变得庄严肃穆起来。开吊像是演一场戏,大家都演得很认真。"初献""亚献""终献",有条不紊,节奏井然。最后是"点主"。点主要一个功名高的人。给我的二伯母点主的是一个叫李芳的翰林,外号李三麻子。"点主"是在神主上加点。神主(木制小牌位)事前写好"×孺人之神王",李三麻子就位后,礼生喝道:"凝神,想象,请加墨主。"李三麻子拈起一支新笔在"王"字上加一墨点。礼生再赞:"凝神,想象,请加朱主。"李三麻子用朱笔在墨点上加一点。这样死者的魂灵就进入神主了。我对"凝神,想象"印象很深,因为这很有点诗意。其实李三麻子对我的二伯母无从想象,因为他根本没有见过我的二伯母。

  正堂屋对面,隔一个天井,是穿堂。

  穿堂对面原来有一排三开间的房子,是我的叔曾祖父的一个老姨太太住的。房子很旧了,屋顶上长了很多瓦松,隔扇上糊的白纸都已成了灰色。这位老姨太太多年衰病,总是躺着。这一排房子里听不到一点声音,非常寂静,只有这位老姨太太的女儿——我们叫她小姑奶奶,带着孩子来住一阵,才有一点活气。

老姨太太死了，她没有儿子，由我一个叔祖父过继给她。这位叔祖父行六，我们叫他六太爷。这是个很有风趣的人，很喜欢孩子。老姨太太逢七，六太爷要来守灵烧纸。烧了纸，他弄一壶酒，慢慢喝着，给孩子讲故事——说书，说《大侠甘凤池》，一直说到深夜。因此，我们总是盼着老姨太太逢七。

祖父过六十岁的头年，把东边的房屋改建了一下，正堂屋没动，穿堂加大了。老姨太太原来住的一排房子拆了，盖了一个"敞厅"。房屋翻盖的情况我还记得，先由瓦匠头、木匠头挖出整整齐齐的一方土，供在老爷柜上。破土后，请全体瓦木匠在正堂屋吃一次饭。这顿饭的特别处是有一碗泥鳅，泥鳅我们家是不进门的，但是请瓦木匠必得有这道菜，这是规矩。我觉得这规矩对瓦木匠颇有嘲讽意味。接着是上梁竖柱，放鞭炮，撒糕馒，如式。

敞厅的特点是敞，很宽敞。盖得后，祖父的六十大寿在这里布置过寿堂，宴过客，此外就没有怎么用过，平常总是空着。我的堂姐姐有时把两张方桌拼起来，在上面缝被子。

敞厅对面，一道砖墙之外，是花园。花园原来没有园名，祖父命之曰"民圃"，因为他字铭甫，取其谐音。我父亲选了两块方砖，刻了"民圃"两个小篆，嵌在一个六角小门的额上。但是我们还是叫它花园，不叫民圃。祖父六十大寿时自撰了一副长联，末署"民圃叟六十自寿"，"民圃"字样也只在长联里出现过,别处没有用过。

西边半截的房屋大概是祖父手里盖的,格局较小,主要房屋只是两个堂屋,上堂屋和下堂屋。

上堂屋两边的套间,东侧是三房,西侧是二房。

我的二伯父早逝,我没见过。他房间里的板壁上挂着他的八寸放大照片,半侧身,穿着一身古典燕尾服,前身无下摆,雪白的圆角硬领衬衫,一只胳臂夹着一根象牙头的短手杖,完全是年轻的英国绅士派头,很英俊。听我父亲说,二伯父是个性格很刚烈的人。他是新党,但崇拜的不是孙文而是黄兴。有一次历史教员(那时叫作"教习")在课堂上讲了黄兴几句不恭敬的话,他上去就给了这个教员一个嘴巴子。二伯父和我父亲那时都在南京读中学(旧制中学)。他的死也跟他的负气任性的脾气有关。放暑假从南京回来,路过镇江,带着行李,镇江车站的搬运工人敲了他们一下,索价很高。二伯父一生气,把几个人的行李绑在一起,一个人就背了起来。没有走几步,一口血吐在地上,从此不起。

二伯母守节有年,她变得有些古怪。我的小说《珠子灯》里所写的孙小姐的原型,就是我的二伯母。

她变得有点古怪了,她屋里的东西都不许人动。王常生活着的时候是

梧桐花儿

什么样子,永远是什么样子,不许挪动一点。王常生用过的手表、座钟、文具,还有他养的一盆雨花石,都放在原来的位置。孙小姐原是个爱洁成癖的人,屋里的桌子、椅子、茶壶茶杯,每天都要用清水洗三遍。自从王常生死后,除了过年之前,她自己监督着一个从娘家陪嫁过来的女佣大洗一天之外,平常不许擦拭。里屋炕几上有一套茶具:一个白瓷的茶盘,一把茶壶,四个茶杯。茶杯倒扣着,上面落了细细的尘土。茶壶是荸荠形的扁圆的,茶壶的鼓肚子下面落不着尘土，茶盘里就清清楚楚留下一个干净的圆印子。

她病了，说不清是什么病。除了逢年过节起来几天，其余的时间都在床上躺着，整天地躺着，除了那个女佣，没有人上她屋里去。

有一个人是常上她屋里去的，我。我去了，坐在她床前的杌凳上，陪她一会儿。她精神好的时候，教我《长恨歌》《西厢记·长亭》：

春风桃李花开日，
秋雨梧桐叶落时。

碧云天，
黄花地，
西风紧，
北雁南飞。
晓来谁染霜林醉，
总是离人泪。

有的时候，她也会讲一点轻松一些的文学故事，念苏东坡嘲笑小妹的诗：

> 人前走不上三五步，
> 额头先到画堂前。

这样的时候，二伯母的脸上也会有一点笑意。她的记忆很好，教我念诗，都是背出来的。她背诗，抑扬顿挫，节奏很强，富于感情，因此她教过我的诗词，我一直记得很清楚。她的诗词，是邑中一个老名士教的。

二伯母老是叫我坐在她床前吃东西，吃饭，吃点心。吃两口，她就叫我张开嘴让她看看。接着就自言自语："王二娘个猫，王二娘个猫，王二娘个猫。"不知道这是什么意思。她是王二娘，我是她的猫？有时我不在跟前，她一个人在屋里也叨咕："王二娘个猫，王二娘个猫。"

每年夏天，她要回娘家住一阵。归宁那天，且出不了房门哩。跨出来，转身又跨进去，跨出来，又跨进去。轿子等在大门口（她回娘家都是坐轿子），轿前两盏灯笼换了几次蜡烛，她还没跨出房门。

这种精神状态，我们那里叫作"魔"。

下堂屋左边是我父亲的画室，右边是"下房"，女佣住的地方。

下堂屋南，一道花瓦墙外，即是花园，墙上也有一个小六角门。

开开六角门，是一片砖墁的平地。更南，是花厅。花厅是我们这所住宅里最明亮的屋子，南边一溜全是大玻璃窗，听说我父亲年轻时常请一些朋友来，在花厅里喝酒，唱戏，吹弹歌舞，到我记事的时候，就没有看过这种热闹。花厅也总是闲着。放暑假，我们到花厅里来做假期作业。每年做酱的时候，我的祖母在花厅里摊晾煮熟的黄豆和烤过的发面饼，让豆、饼长毛发酵。花厅外的砖地上有一口大缸，装着豆酱，一口浅缸，装着甜面酱。

砖地东面，是一个花台，种着四棵很大的蜡梅花，主干都有碗口粗，每年开很多花。这种蜡梅的花心是紫檀色的。按说"磬口檀心"是蜡梅的名种，但是我们那里重白心的，叫作"冰心蜡梅"，而将檀心者起一个不好听的名称，叫"狗心蜡梅"。下雪之后，上树摘花，是我的事。蜡梅的骨朵很密。相中一大枝，折下来，养在大胆瓶里，过年。

蜡梅花的对面，是两棵桂花。一棵金桂，一棵银桂。每年秋天，吐蕊开花。桂花树下，长了一片萱草，也没人管它，自己长得很旺盛。萱花未尽开时摘下，阴干，我们那里叫作金针，北方叫作黄花菜。我小时最讨厌黄花菜，觉得淡而无味。到了北方，学做打卤面，才知道缺这玩意还不行。

桂花树后，是南北向的花瓦墙，墙上开一圆门，即北方所说的月亮门。

出圆门，是一畦菜地。我的祖母每年在这里种乌青菜，即上海人所说的塌苦菜。这块菜地土很瘦，乌青菜都不肥大，而茎叶液汁浓厚，旋摘煮食，味道极好，远胜市上买来的，叫作"起水鲜"。经霜后，叶缘皆作紫红色，尤其甜美。

菜畦左侧有一棵紫薇，一房多高，开花时乱红一片，晃人眼睛。游蜂无数——齐白石爱画的那种大个的黑蜂，穿花抢蕊，非常热闹。西侧，有一座六角亭，可以小坐。

菜畦东边有一条砖路。砖路尽处是一棵木瓜，一棵矾杏，一棵柿树，都很少结果。

树之外，是一座船亭。这是祖父六十大寿头年建的。船头向东，两边墙上各开了海棠形的窗户。祖父建船亭，是为了"无事此静坐"，但是他只来坐过几次，平常不来，经常锁着。隔着正面的玻璃隔扇，可以看到里面铁梨木琴几上摆着几件彝器，几把檀木椅子，萧萧爽爽。

船亭对面，有一棵很大的柳树。挨着柳树，是一个高高的花坛。花坛上原来想是栽了不少花的，但因为无人料理，只剩下一棵石榴，一丛鱼儿牡丹。鱼儿牡丹开一串一串粉红的花，花作鸡心形，像是童话里的植物。

花坛对面，是土山。这座土山不知是哪年堆成的。这些土是从园里挖出的，还是从外面运进来的，均不知道。土山左脚，种了两棵碧桃，一棵白的，一棵浅红的。碧桃花其实是很好看的，花开得很繁茂，花期也长，应该对它珍贵一点,但是大家都不把它当回事,也许因为它花开得太多,也太容易养活了。土山正面,种了四棵香橼,每年都要结很多。香橼就是"橘逾淮南则为枳"的枳,但其实枳和橘是两种植物。香橼秋天成熟。香橼的香气很冲,不大好闻。但香橼花的气味是很好的,苦甜苦甜的。花白色,瓣微厚,五出深裂,如小酒盏,很好看。山顶有两棵龙爪槐,一在东,一在西。西边的一棵是我的读书树。我常常爬上去,在分权的树干上靠好,带一块带筋的干牛肉或一块榨菜,一边慢慢嚼着,一边看小说。土山外隔一道墙是一个尼庵,靠在树上可以看见小尼姑从井里汲水浇菜。这尼庵的尼姑是带发修行的,因此我看的小尼姑是一头黑发。

从土山东边下山,是一片空地。空地上有一口很大的缸,养着很大的金鱼,这是大伯父养的。因此,在我们的印象里这一边是大爷的地方。但是我们并未分家,小孩子是可以自由来去的。

金鱼缸的西北边有一架紫藤。盛花时,紫云拂地。花谢,垂下一根一根长长的刀豆。

鱼缸正北,一棵白丁香,一棵紫丁香。

丁香之左,一片紫莴。

往南,墙边一丛金雀花。

紫莴的东边,荒草而已。这片草地每年下面结不少甘露,我们那里叫作螺蛳菜或宝塔菜。甘露洗净后装白布袋，可入甜面酱缸腌渍。

草地之东有一排很大的冬青树。夏天开密密的小白花，也有香味。秋后结了很多紫色的胡椒粒大的果实。

冬青之外，是"草房"，堆草的屋子。我们那里烧草——芦柴，一次要置很多担草，垛积在一排空屋里。

冬青的北面，是花房，房顶南檐是玻璃盖的，原是大爷养花的地方，但他后来不养花了，花房就空着。一壁挂着一个老鹰风筝。据我父亲说这个老鹰是独脑线的——只有一根脑线。老鹰风筝是大爷年轻时放的。听我父亲说，放上去之后，曾有真的老鹰和它打过架。空空的花房里只有两盆颇大的夹竹桃。夹竹桃红花殷殷的，我忽然觉得有些紧张，因为天忽然黑下来了，只有我一个人，在空空的花园里。

听大人说，这花园里有一个白胡子老头。这白胡子老头是神仙，还是妖怪？但是，晚上是没有人到花园里去的，东边和西边的小六角门都上了铁锁。

我们这座花园实在很难叫作花园，没有精心安排布置过，草木也都是随意种植的，常有一点半自然的状态。但是这确是我童年的乐园，我在这里掬过很多蟋蟀，捉过知了、天牛、蜻蜓，捅过马蜂窝——这马蜂窝结在冬青树上，有蒲扇大！

父亲是个孩子头

我父亲行三。我的祖母有时叫他的小名"三子"。他是阴历九月初九重阳节那天生的,故名菊生(我父亲那一辈生字排行,大伯父名广生,二伯父名常生),字淡如。他作画时有时也题别号:亚痴、灌园生……他在南京读过旧制中学。所谓旧制中学大概是十年一贯制的学堂。我见过他在学堂时用过的教科书,英文是纳氏文法,代数几何是线装的有光纸印的,还有"修身"什么的。他为什么没有升学,我不知道。"旧制中学生"也算是功名。他的这个"功名"我在我继母的"铭旌"上见过,写的是扁宋体的泥金字,所以记得。什么是"铭旌"?看《红楼梦》贾府办秦可卿丧事那回就知道,我就不啰唆了。

我父亲年轻时是运动员。他在足球校队踢后卫。他是撑竿跳选手,曾在江苏省运动会上拿过第一。他又是单杠选手。我还见过他在天王寺外边驻军所设置的单杠上表演过空中大回环两周,这在当时是少见的。他练过武术,腿上带过铁砂袋。练过拳,练过刀、枪。我见他施展过一次武功,我初中毕业后,他陪我到外地去投考高中,在小轮船上,一个初来的侦缉队以检查为名勒索乘客的钱财。我父亲一掌,把他打得一溜跟头,从船上退过跳板,一屁股坐在码头上。我父亲平常温文尔雅,我还没见过他动手打人,而且,真有两下子!我父亲会骑马。南京马场有一匹劣马,咬人,没人敢碰它,平常都用一截粗竹筒套住它的嘴。我父亲偷偷解开缰绳,一骗腿骑了上去。一趟

笛子

马道子跑下来,这马老实了。父亲还会游泳,水性很好。这些,我都不知道他是什么时候学的。

从南京回来后,他玩过一个时期乐器。他到苏州去了一趟,买回来好些乐器,笙箫管笛、琵琶、月琴、拉秦腔的板胡、扬琴,甚至还有大小唢呐。唢呐我从未见他吹过。这东西吵人,除了吹鼓手、戏班子,一般玩乐器的人都不在家里吹。一把大唢呐,一把小唢呐(海笛)一直放在他的画室柜橱的抽屉里。我们几个孩子有时翻出来玩,没有哨子,吹不响,只好把铜嘴含在嘴里,自己呜呜作声,不好玩!他的一支洞箫、一支笛子,都是少见的上品。洞箫箫管很细,外皮作殷红色,很有年头了。笛子不是缠丝涂了一节一节黑漆的,是整个笛管擦了荸荠紫漆的,比常见的笛子管粗。箫声幽远,笛声圆润。我这辈子吹过的箫笛无出其右者。这两支箫笛不是从乐器店里买的,是花了大价钱从私人手里买的。他的琵琶是很好的,但是拿去和一个理发店里换了。他拿回的理发店那面琵琶又脏又旧、油里咕叽的。我问他为什么要换了这么一面脏琵琶回来,他说:"这面琵琶声音好!"理发店用一面旧琵琶换了他的几乎是全新的琵琶,当然乐意。不论什么乐器,他听听别人演奏,看看指法,就能学会。他弹过一阵古琴,说:"都说古琴很难,其实没有什么。"我的一个远房舅舅,有一把法国神父送他的小提琴,我父亲跟他借回来,鼓秋鼓秋,几天工夫,就能拉出曲子来,据我父亲说:"乐器里最难,最要功夫的,是胡琴。别看它只有两根弦,很简单,越是简单的东西越不好弄。"他拉的胡琴我拉不了,弓过于硬,马尾多,滴的松香很厚,松香拉出一道很窄的深槽,我一拉,马尾就跑到深槽的外面来了。父亲不在家的时候我有时使劲拉一小段,我父亲一看松香就知道我动过他的胡琴了。他后来不大摆弄别的乐器了,只有胡琴是一直拉着的。

摒挡丝竹以后,父亲大部分时间用于画画和刻图章,他画画并无真正的师承,只有几个画友。画友中过从较密的是铁桥,是一个和尚,善因寺的方丈。我写的小说《受戒》里的石桥,就是以他为原型的。铁桥曾在苏州邓尉山一个庙里住过,他作画有时下款题为"邓尉山僧"。我父亲第二次结婚,娶我的第一个继母,新房里就挂了铁桥的一个条幅,泥金纸,上角画了几枝桃花,两只燕子,款题"淡如仁兄嘉礼弟铁桥写贺"。在新房里挂一幅和尚的画,我的父亲可谓全无禁忌。这位和尚和俗人称兄道弟,也真是不拘礼法。我上小学的时候,就觉得他们有点"胡来"。这幅画的两边还配了我的一个舅舅写的一副虎皮宣的对子:"蝶欲试花犹护粉,莺初学啭尚羞簧。"我后来懂得对联的意思了,觉得实在很不像话!铁桥能画,也能写。他的字写石鼓,画法任伯年。根据我的印象,都是相当有功力的。我父亲和铁桥常来往,画风却没有怎么受他的影响。也画过一阵工笔花卉。我们那里的画家有一种理论,画画要从工笔入手,也许是有道理的。扬州有一位专画菊花的画家,这位画家画菊按朵论价,每朵大洋一元。父亲求他画了一套菊谱,二尺见方的大册页。我有个姑太爷,也是画画的,说:"像他那样的玩法,我们玩不起!"兴化有一位画家徐子兼,画猴子,也画工笔花卉。我父亲也请他画了一套册页。有一开画的是罂粟花,薄瓣透明,十分绚丽。一开是月季,题了两行字:"春水蜜波为花写照。""春水""蜜波"是月季的两个品种,我觉得这名字起得很美,一直不忘。我见过父亲画工笔菊花,原来花头的颜色不是一次敷染,要"加"几道。扬州有菊花名种"晓色",父亲说这种颜色最不好画。"晓色",很空灵,不好捉摸。他画成了,我一看,是晓色!他后来改了画写意,用笔略似吴昌硕。照我看,我父亲的画是有功力的,但是"见"得少,没有行万里路,多识大家真迹,受了限制。他又不会作诗,题画多用前人陈句,故布局平稳,缺少创意。

父亲刻图章,初宗浙派,清秀规矩。他年轻时刻过一套《陋室铭》印谱,有几方刻得不错,但是过于着意,很拘谨。有"兰带""折钉",都是"做"出来的。有一方"草色入帘青"是双钩,我小时觉得很好看,稍大,即觉得纤巧小气。《陋室铭》印谱只是他初学刻印的成绩。三十多岁后,风格渐渐豪放,以治汉印为主。他有一套端方的《斋印存》,经常放在案头。有时也刻浙派小印。我记得他给一个朋友张仲陶刻过一块青田冻石小长方印,文曰"中",实在漂亮。"中"两字也很好安排。

刻印的人多喜藏石。父亲的石头是相当多的,他最心爱的是三块田黄,我在小说《岁寒三友》中写的靳彝甫的三块田黄,实际上写的是我父亲的三块图章。

他盖章用的印泥是自己做的,用的是"大劈砂",这是朱砂里最贵重的。大劈砂深紫色,片状,制成印泥,鲜红夺目。他说见过一些明朝画,纸色已经灰暗,而印色鲜明不变。大劈砂盖的图章可以"隐指",即用手指摸摸,印文是鼓出的。他画室的书橱里摆了一列装在玻璃瓶里的大劈砂和陈年的蓖麻子油,蓖麻油是调印色用的。

我父亲手很巧,而且总是活得很有兴致。他会做各种玩意。元宵节,他用通草(我们家开药店,可以选出很大片的通草)为瓣,用画牡丹的西洋红(西洋红很贵,齐白石作画,有一个时期,如用西洋红,是要加价的)染出深浅,做成一盏荷花灯,点了蜡烛,比真花还美。他用蝉翼笺染成浅绿,以铁丝为骨,做了一盏纺织娘灯,下安细竹棍。我和姐姐提了,举着这两盏灯上街,到邻居家串门,好多人围着看。清明节前,他糊风筝。有一年糊了一只蜈蚣(我们那里叫"百脚"),是绢糊的,他用药店里称麝香用的小戥子约蜈蚣两边的鸡毛——鸡毛必须一样重,否则上天就会打滚。他放这只蜈蚣不是用的一般线,是胡琴的老弦。我们那里用老弦放风筝的,家父实为第一人(用老弦放风筝,风筝可以笔直地飞上去,没有"肚子")。他带了几个孩子在傅公桥麦田里放风筝。这时麦子尚未"起身",是不怕踩的,越踩越旺。春服既成,惠风和畅,我父亲这个孩子头带着几个孩子,在碧绿的麦垄间奔跑呼叫,其乐如何?我想念我的父亲(现在还常常梦见他),想念我的童年,虽然我现在是七十二岁,皤然一老了。夏天,他给我们糊养金铃子的盒子。他用钻石刀把玻璃裁成一小块一小块,再合拢,接缝处用皮纸糨糊固定,再加两道细蜡笺条,成了一只船、一座小亭子、一个八角玲珑玻璃球,里面养着金铃子。隔着玻璃,可以看到金铃子在里面爬,吃切成小块的梨,张开翅膀"叫"。秋天,买来拉秧的小西瓜,把瓜瓤掏空,在瓜皮上镂刻出很细致的图案,做成几盏西瓜灯,西瓜灯里点了蜡烛,洒下一片绿光,父亲鼓捣半天,就为让孩子高兴一晚上。我的童年是很美的。

我母亲死后,父亲给她糊了几箱子衣裳,单夹皮棉,四时不缺。他不知从哪里搜罗来各种颜色、砑出各种花样的纸。听我的大姑妈说,他糊的皮衣跟真的一样,能分出滩羊、灰鼠。这些衣服我没看见过,但他用剩的色纸,我见过。我们用来折手工。有一种纸,银灰色,正像当时时兴的"慕本缎子"。

我父亲为人很随和,没架子。他时常周济穷人,参与一些有关公益的事情,因此在地方上人缘很好。"民国"二十年发大水,大街成了河。我每天看见他蹚齐胸的水出去,手里横执了一根很粗的竹篙,穿一身直罗褂,他出去,主要是办赈济。我在小说《钓鱼的医生》里写王淡人有一次乘了船,在腰里系了铁链,让几个水性很好的船工也在腰里系了铁链,一头拴在王淡人的腰里,冒着生命危险,渡过激流,到一个被大水围困的孤村去为人治病,这写的实际是我父亲的事。不过他不是去为人治病,而是去送"华洋义赈会"发来的面饼(一种很厚的面饼,山东人叫"锅盔")。这件事写进了地方上人送给我祖父的六十寿序里,我记得很清楚。

往昔如昨日篇

父亲后来以为人医眼为职业。眼科是汪家祖传。我的祖父、大伯父都会看眼科。我不知道父亲懂眼科医道。我十九岁离开家乡,离乡之前,我没见过他给人看眼睛。去年回乡,我的妹婿给我看了一册父亲手抄的眼科医书,字很工整,是他年轻时抄的。那么,他是在眼科上下过功夫的。听说他的医术还挺不错。有一个邻居的孩子得了眼疾,双眼肿得像桃子,眼球红得像大红缎子。父亲看过,说不要紧。他让孩子的父亲到阴城(一片乱葬坟场,很大,很野,据说韩世忠在这里打过仗)去捉两个大田螺来。父亲在田螺里倒进两管鹅翎眼药,两撮冰片,把田螺扣在孩子的眼睛上,过了一会儿田螺壳裂了。据那个孩子说,他睁开眼,看见天是绿的。孩子的眼好了,一生没有再犯过眼病。田螺治眼,我在任何医书上没看见过,也没听说过。这个"孩子"现在还在,已经五十几岁了,是个理发师傅。去年我回家乡,从他的理发店门前经过,那天,他又把我父亲给他治眼的经过,向我的妹婿详细地叙述了一次。这位理发师傅希望我给他的理发店写一块招牌。当时我很忙,没有来得及给他写。我会给他写的。一两天就写了托人带去。

我父亲配制过一次眼药。这个配方现在还在,但是没有人配得起,要几十种贵重的药,包括冰片、麝香、熊胆、珍珠……珍珠要是人戴过的。父亲把祖母帽子上的几颗大珠子要了去。听我的第二个继母说,他制药极其虔诚,三天前就洗了澡("斋戒沐浴"),一个人住在花园里,把三道门都关了,谁也不让去。

  父亲很喜欢我。我母亲死后,他带着我睡。他说我半夜醒来就笑。那时我三岁(实年)。我到江阴去投考南菁中学,是他带着我去的。住在一个茶庄的栈房里,臭虫很多。他就点了一支蜡烛,见有臭虫,就用蜡烛油滴在它身上,第二天我醒来,看见席子上好多好多蜡烛油点子。我美美地睡了一夜,父亲一夜未睡。我在昆明时,他还在信封里用玻璃纸包了一小包"虾松"寄给我。我父亲很会做菜,而且能别出心裁。我的祖父春天忽然想吃螃蟹。这时候哪里去找螃蟹?父亲就用瓜鱼(水仙鱼)给他伪造了一盘螃蟹,据说吃起来跟真螃蟹一样。"虾松"是河虾剁成米粒大小,掺以小酱瓜丁,入温油炸透。我也吃过别人做的"虾松",都比不上我父亲的手艺。

  我很想念我的父亲。现在还常常梦见他。我的那些梦本和他不相干,我梦里的那些事,他不可能在场,不知道怎么会掺和进来了。

詹大胖子

詹大胖子是五小的斋夫。五小是县立第五小学的简称。斋夫就是后来的校工、工友。詹大胖子那会儿,还叫作斋夫。这是一个很古的称呼。后来就没有人叫了。"斋夫"废除于何时,谁也不知道。

詹大胖子是个大胖子。很胖,而且很白。是个大白胖子。尤其是夏天,他穿了白夏布的背心,露出胸脯和肚子,浑身的肉一走一哆嗦,就显得更白、更胖。他偶尔喝一点酒,生一点气,脸色就变成粉红的,成了一个粉红脸的大白胖子。

五小的校长张蕴之、学校的教员——先生,叫他詹大。五小的学生叫他的时候必用全称:詹大胖子。其实叫他詹胖子也就可以了,但是学生都愿意叫他詹大胖子,并不省略。

一个斋夫怎么可以是一个大胖子呢?然而五小的学生不奇怪。他们都觉得詹大胖子就应该像他那样。他们想象不出一个瘦斋夫是什么样子。詹大胖子如果不胖,五小就会变样子了。詹大胖子是五小的一部分。他当斋夫已经好多年了。似乎他生下来就是一个斋夫。

詹大胖子的主要职务是摇上课铃、下课铃。他在屋里坐着。他有一间小屋,在学校一进大门的拐角,也就是学校最南端。这间小屋原来盖了是为了当门房即传达室用的,但五小没有什么事可传达,来了人,大摇大摆就进来了，詹大胖子连问也不问。这间小屋就成了詹大胖子宿舍。他在屋里坐着，看看钟。他屋里有一架挂钟。这学校有两架挂钟，一架在教务处。詹大胖子一早起来第一件事便是上这两架钟。咔拉咔拉，上得很足，然后才去开大门。他看看钟，到时候了，就提了一只铃铛，走出来，一边走，一边摇"叮当、叮当、叮当……"从南头摇到北头。上课了。学生奔到教室里，规规矩矩坐下来。下课了！詹大胖子的铃声摇得小学生的心里一亮。呼——都从教室里窜出来了。打秋千、踢毽子、拍皮球、抓子儿……詹大胖子摇坏了好多铃铛。

后来，有一班毕业生凑钱买了一口小铜钟，送给母校留纪念，詹大胖子就从摇铃改为打钟。

一口很好看的钟，黄铜的，亮晶晶的。

铜钟用一条小铁链吊在小操场路边两棵梧桐树之间。铜钟有一个锤子，悬在当中，锤子下端垂下一条麻绳。詹大胖子扯动麻绳，钟就响了。钟不打的时候，绳绕在梧桐树干上，打一个活结。

梧桐树一年一年长高了。钟也随着高了。

五小的孩子也高了。

詹大胖子还有一件常做的事，是剪冬青树。这个学校有几个地方都栽着冬青树的树墙子，大礼堂门前左右两边各有一道，校园外边一道，幼儿园门外两边各有一道。冬青树长得很快,过些时,树头就长出来了,参差不齐,乱蓬蓬的。詹大胖子就拿了一把很大的剪子,两手执着剪子把,吧嗒吧嗒地剪,剪得一地冬青叶子。冬青树墙子的头平了,整整齐齐的。学校里于是到处都是冬青树嫩叶子的清香清香的气味。

詹大胖子老是剪冬青树。一个学期得剪几回。似乎詹大胖子做的主要事便是摇铃——打钟,剪冬青树。

詹大胖子很胖,但是剪起冬青树来很卖力。他好像跟冬青树有仇,又好像很爱这些树。

詹大胖子还给校园里的花浇水。

这个校园没有多大点。冬青树墙子里种着羊胡子草。有两棵桃树,两棵李树,一棵柳树,有一架十姊妹,一架紫藤。当中圆形的花池子里却有一丛不大容易见到的铁树。这丛铁树有一年还开过花,学校外面很多人都跑来看过。另外就是一些草花,剪秋罗、虞美人……还有一棵鱼儿牡丹。詹大胖子就给这些花浇水。用一个很大的喷壶。

秋天,詹大胖子扫梧桐叶。学校有几棵梧桐。刮了大风,刮得一地的梧桐叶。梧桐叶子干了,踩在上面沙沙地响。詹大胖子用一把大竹扫帚扫,把枯叶子堆在一起,烧掉。黑的烟,红的火。

紫藤

　　詹大胖子还做什么事呢?他给老师烧水。烧开水,烧洗脸水。教务处有一口煤球炉子。詹大胖子每天生炉子,用一把芭蕉扇忽哒忽哒地扇。煤球炉子上坐一把白铁壶。

　　他还帮先生印考试卷子。詹大胖子推油印机滚子,先生翻页儿。考试卷子印好了,就把蜡纸点火烧掉。烧油墨味儿飘出来,坐在教室里都闻得见。

每年寒假、暑假，詹大胖子要做一件事，到学生家去送成绩单。全校学生有二百人，詹大胖子一家一家去送。成绩单装在一个信封里，信封左边写着学生的住址、姓名，当中朱红的长方框里印了三个字："贵家长"。右侧下方盖了一个长方图章："县立第五小学"，学生的家长是很重视成绩单的，他们拆开信封看：国语98，算术86……看完了就给詹大胖子酒钱。

詹大胖子和学生生活最直接有关的，除了摇上课铃、下课铃——打上课钟、下课钟之外，是他卖花生糖、芝麻糖。他在他那间小屋里卖。他那小屋里有一个一面装了玻璃的长方匣子，里面放着花生糖、芝麻糖。詹大胖子摇了下课铃，或是打了上课钟，有的学生就趁先生不注意的时候，溜到詹大胖子屋里买花生糖、芝麻糖。

詹大胖子很坏。他的糖比外面摊子上的卖得贵。贵好多！但是五小的学生只好跟他去买，因为学校有规定，不许"私出校门"。

校长张蕴之不许詹大胖子卖糖，把他叫到校长室训了一顿。说学生在校不许吃零食；他的糖不卫生；他赚学生的钱，不道德。

但是詹大胖子还是卖，偷偷地卖。他摇下课铃或打上课钟的时候，左手捏着花生糖、芝麻糖，藏在袖筒里。有学生要买糖，走近来，他就做一个眼色，让学生随他到校长、教员看不到的地方，接钱，给糖。

五小的学生差不多全跟詹大胖子买过糖。他们长大了，想起五小，一定会想起詹大胖子，想起詹大胖子卖花生糖、芝麻糖。

　　詹大胖子就是这样，一年又一年，过得很平静。除了放寒假、放暑假，他回家，其余的时候，都住在学校里。——放寒假，学校里没有人。下了几场雪，一个学校都是白的。暑假里，学生有时还到学校里玩玩。学校里到处长了很高的草。每天放了学，先生、学生都走了，学校空了。五小就剩下两个人，有时三个。除了詹大胖子，还有一个女教员王文蕙。有时，校长张蕴之也在学校里住。

　　王文蕙家在湖西，家里没有人。她有时回湖西看看亲戚，平时住在学校里。住在幼稚园里头一间朝南的小房间里。她教一年级、二年级算术。她长得不难看，脸上有几颗麻子，走起路来步子很轻。她有一点奇怪，眼睛里老是含着微笑。一边走，一边微笑。一个人笑。笑什么呢？有的男教员背后议论：有点神经病。但是除了老是微笑，看不出她有什么病，挺正常的。她上课，跟其他人没有什么不同。她教加法，减法，领着学生念乘法表：

　　"一一得一，
　　一二得二，
　　二二得四……"

下了课,走回她的小屋,改学生的作业。有时停下笔来,听幼稚园的小朋友唱歌:

"小羊儿乖乖,

把门儿开开,

快点儿开开,

我要进来……"

晚上,她点了煤油灯看书。看《红楼梦》《花月痕》,张恨水的《金粉世家》,李清照的词。有时轻轻地哼《木兰词》。"唧唧复唧唧,木兰当户织……"有时给她的女子师范的老同学写信。写这个小学,写十姊妹和紫藤,写班上的学生都很可爱,她跟学生在一起很快乐,还回忆她们在学校时某一次春游,感叹光阴如流水。这些信都写得很长。

校长张蕴之并不特别凶,但是学生都怕他。因为他可以开除学生。学生犯了大错,就在教务处外面的布告栏里贴出一张布告:学生某某某,犯了什么过错,着即开除学籍,"以维校规,而警效尤,此布",下面盖着校长很大的签名戳子:"张蕴之"。"张蕴之"三个字有一种看不见的力量。

他也教一班课,教五年级或六年级国文。他念课文的时候摇晃脑袋,抑扬顿挫,有声有色,腔调像戏台上老生的道白。"晋太原中,武陵人,捕鱼为业……""一路秋山红叶,老圃黄花,不觉到了济南地界。到了济南,只见家家泉水,户户垂杨……"

他爱写挽联。写好了,就用按钉钉在教务处的墙上,让同事们欣赏。教员们就都围过来,指手画脚,称赞哪一句写得好,哪几个字很有笔力。张蕴之于是非常得意,但又不太忘形。他简直希望他的亲友家多死几个人,好使他能写一副挽联送去,挂起来。

他有家。他有时在家里住,有时住在学校里,说家里孩子吵,学校清静,他要读书,写文章。

有时候,放了学,除了詹大胖子,学校里就剩下张蕴之和王文蕙了。

王文蕙常常一个人在校园里散散步。王文蕙散完步,常常看见张蕴之站在教务处门口的台阶上。王文蕙向张蕴之笑笑,点点头。张蕴之也笑笑,点点头。王文蕙回去了,张蕴之看着她的背影,一直看到王文蕙走进幼稚园的前门。张蕴之晚上读书。读《聊斋志异》《池北偶谈》《两般秋雨盦随笔》《曾文正公家书》《板桥道情》《绿野仙踪》《海上花列传》……

校长室的北窗正对着王文蕙的南窗,中间隔一个幼稚园的游戏场。游戏场上有秋千架、压板、滑梯。张蕴之和王文蕙的煤油灯遥遥相对。

一天晚上,张蕴之到王文蕙屋里去,说是来借字典。王文蕙把字典交给他。他不走,东拉西扯地聊开了。聊《葬花词》,聊"寻寻觅觅冷冷清清凄凄惨惨戚戚"。王文蕙不知道他要干什么,心里怦怦地跳。忽然,"噗!"张蕴之把煤油灯吹熄了。张蕴之常常在夜里偷偷地到王文蕙屋里去。

这事瞒不过詹大胖子。詹大胖子有时夜里要起来各处看看。怕小偷进来偷了油印机、偷了铜钟、偷了烧开水的白铁壶。詹大胖子很生气。他一个人在屋里悄悄地骂:"张蕴之!你不是个东西!你有老婆,有孩子,你干这种缺德的事!人家还是个姑娘,孤苦伶仃的,你叫她以后怎么办,怎么嫁人!"

这事也瞒不了五小的教员。因为王文蕙常常脉脉含情地看张蕴之,而且她身上洒了香水。她在路上走,眼睛里含笑,笑得更加明亮了。

有一天,放学时,有一个姓谢的教员路过詹大胖子的小屋时走进去,对他说:"詹大,你今天晚上到我家里来一趟。"詹大胖子不知道有什么事。

姓谢的教员是个纨绔子弟,外号谢大少。学生给他编了一首顺口溜:

"谢大少,
捉虼蚤。
虼蚤蹦,
他也蹦,
他妈说他是个大无用!"

谢大少家离五小很近，几步就到了。

谢大少问了詹大胖子几句闲话，然后，问："张蕴之夜里是不是常常到王文蕙屋里去？"

詹大胖子一听，知道了：谢大少要抓住张蕴之的把柄，好把张蕴之轰走，他来当五小校长。詹大胖子连忙说："没有！没有的事！没有的事不能瞎说！"

詹大胖子不是维护张蕴之，他是维护王文蕙。

从此詹大胖子卖花生糖、芝麻糖就不太避着张蕴之了。詹大胖子还是当他的斋夫，打钟，剪冬青树，卖花生糖、芝麻糖。

后来，张蕴之到四小当校长去了，王文蕙到远远的一个镇上教书去了。

后来，张蕴之死了，王文蕙也死了（她一直没有嫁人）。詹大胖子也死了。

这城里很多人都死了。

图书在版编目（CIP）数据

生活，是很有趣的 / 汪曾祺著． — 西安：西安出版社，2020.1
ISBN 978-7-5541-4223-3

Ⅰ．①生… Ⅱ．①汪… Ⅲ．①散文集－中国－当代 Ⅳ．① I267

中国版本图书馆CIP数据核字（2019）第221261号

生活，是很有趣的
SHENGHUO, SHI HEN YOUQU DE

作　　者：	汪曾祺
出版发行：	西安出版社
社　　址：	西安市曲江新区雁南五路1868号影视演艺大厦11层
电　　话：	（029）85253740
邮政编码：	710061
印　　刷：	鑫海达（天津）印务有限公司
开　　本：	880mm×1230mm　1/32
印　　张：	8
字　　数：	163千
版　　次：	2020年1月第1版 2020年1月第1次印刷
书　　号：	ISBN 978-7-5541-4223-3
定　　价：	49.80元

△　本书如有缺页、误装，请寄回另换。

散文精选集 精装珍藏版

出版人 屈炳耀

出品 沐读图书

策划编辑 暖暖 米多

责任编辑 徐妹 朱艳

装帧设计 果丹

版权支持 娄珮蕾